陳維賢——著

這麼一個
花香黃昏

陳維賢散文集

推薦序　回望的深情

琹涵

千年以來，「情」之一字，引來了世人多少感嘆。有多少人輾轉反側，終宵不寐？有多少人衣帶漸寬終不悔？又有多少人老了年華，卻仍難忘心頭的身影……？

我讀維賢的新書《這麼一個花香黃昏》，讀的，其實是她對人世的深情回眸。認識她很久了，從青春年少直到兩鬢飛霜。四十多個年頭早已悄然流逝，維賢的多情依舊，只是她筆之於文，讓生命的故事成為永恆，也感動了無數的讀者，跟著或歡欣或流淚。

維賢有一支多麼好的筆啊！

從她十幾歲時，就已經是「文學少女」了，在報章上常有文章發表，文字清麗而美。長大以後，多了人生的歷練，離合悲歡嘗盡，字裡行間有著更多的委婉曲折，我常覺得，讀她的文章就像讀宋詞，有著相思血淚，欲說還休，更是餘韻不絕。

整本書寫的是情，情最深的，寫的最是動人。

描繪親情最細緻

由於和母親相依的歲月最長，在感情上的依戀也深，不論是寫相處的點滴或回想時的懷念，都有化不開的濃郁深情，讓人動容。

晚年的母親執意要住進護理之家，孝順的維賢不敢違逆，卻又怕對母親的照顧不周，故而前往當志工，是那「老吾老以及人之老」的心念，也讓她因此看到了更多屬於黃昏的故事，筆錄下來，也成了這本書的特色之一。

也寫對父親的孺慕，喜歡讀書和筆耕的父親，以身教來帶領她，也讓她走上了教書和寫作的長途。

寫對兒女的牽掛，訴盡了一個母親的心情，絲絲入扣，動人心弦。

書寫相遇的緣分

寫師友，寫學生，寫左鄰右舍，寫親戚，其實寫的，都是今生的種種緣會。

王大娘的個性鮮明，如聞其聲，也如見其人。地理老師的溫暖、匡阿姨的神采，如在眼前。都是很出色的篇章。究其原因，也在於情感的真誠。

寫尋常生活別有滋味

她蒔花弄草，也因為喜歡。花草在備受照顧之餘，也以驚人的美麗作為慷慨的回報。寫迷糊，寫健忘，展現了少有的幽默明快，是比較特別的部份，讓人莞爾。寫讀詩，寫喝茶，寫新居，寫散步，寫旅遊，都是尋常生活，然而，透過她細膩的心，美好的文字，讓我們看到了不同的人生風景。

文字纏綿而美，也如詩

試舉幾例：

〈繁花夢露〉中的：「用眼淚清洗鬱積之後，生命的花瓣要一層一層的舒展，讓所有季節都是香的記憶。……悲傷，只是春天寂寞的句號。」

〈時光機裡的親情〉一文裡的：「小屋內有過短暫亮光，往後的歲月，只聽見碎裂的聲音。」

〈小婷〉中寫：「秋光從葉隙間灑落，林相蒼蓊多情，美得憂鬱。」

〈陽光表姊〉裡的：「歲月花瓣飄飄落下，釀成醇醪，供我醉臥懷想。」

〈出走的女人〉如此寫道：「斜陽正好，看遠處淡煙弄晚，幾點飛燕歸巢；唱起黃梅調，悽愴的歌聲裡，淚珠盈睫，不知心恨誰。」

〈白髮吟〉裡寫著：「街燈撐開夜色，塵煙往事，如窗上片片光影，忽隱忽現。室內飄送暖意，春天靜靜躺在身邊。」

整本書文字優美，敘事明晰，最感人的，還是在於情的描繪，處處都看到維賢回望生命的深摯情意。其中以寫母親的篇章最多，可見在感情上的深深眷戀，寫兒女的雖不多，然而縱使幾筆帶過，也可讀出其中的情真意切，扣人心弦。

讀這本書，可以讀出維賢心性上的善良，如果說她軟弱，也是因為多情，越是盼望，卻也越為膽怯，害怕失去，更是有所遲疑……

她的用情太深，加以天生的好文采，造就了她成為傑出的作家，卻也因用心太過，她的身體一向很弱，尤其讓我們不忍。

親愛的維賢，斜陽正好，讓我們一起共賞黃昏彩霞的美麗。當春天已經靜靜躺在身邊時，想那一樹的繽紛燦爛，鳥鳴花唱，又該多麼值得珍惜啊。

自序　與歲月乾杯

有很長一段時間，我只想認真工作，賺錢養家，拉拔孩子長大，日子過得倉促而且惶惑。睡前吃了安眠藥，沉沉潛入幽冥，幻夢連床迭起，經常哭著醒來，淚濕枕衾。有時候醒來，恍惚覺得自己剛從遙遠處奔騰回來，猶有馬蹄聲狂亂，像是陷落在哪個漩渦，哪段離散，驚了魂似的。

親人是我的另隻腳，不知被誰偷走了，我跟著傾斜。怎麼捨得生死別離？我用扶不正的身子，死命追逐他們的背影，直到累了、病了，風雨聲大作，更見寂寞清冷，不得不淒然接受事實。

停下吁喘奔跌的腳步時，已邁入漸老的階段，天色未暗，我開始沿著時光的河回溯，近身探觸，正視我的人生。在開闔的雙眼之外看見聚散，對世態人情有更深的理解。帶給你歡樂的，往往腹藏了極大的痛苦。長春花有毒，卻能治癌，即使有毒，也有它的慈悲。世事如夢似幻，宛若一面風月寶鑑，若執著不放，最後那點供人回味的餘光，很快也將隨之逝去。

於是我不再急著趕路，徹底擁抱這份黃昏時的閒情，終能和好風景撞個滿懷。

人生有如慢走於一條小徑，沿途有許多令人佇足流連的歡愉場景，及想快快翻越的憂傷片段，走近歲月窗口，我用多感的心觸撫曾經的爛漫，用多情的筆記下每一串心跳，文字裡寫自己，也寫遇見的景物、人事、心情，過程蘊涵著非常奇妙的因緣。

母親晚年住進護理之家，我的身和心也隨之預見往後終老的場所。生命盡頭健康垂直下墜，人命卑微脆弱，尊嚴和身體起碼的隱私，在這裡蕩然無存。

高齡化社會來臨，安養院是大部分銀髮族通往仙鄉的最後旅次，〈落花心情〉記錄幾個感人的真情實事。當然這裡也曾上演老人、家屬、照服員之間令人扼腕的情節，那些都是瞬間的風，消失無蹤，我寧願記得人與人間的和諧。

〈思念如水〉寫我牽牽絆絆的親情、友情，我願為他們而生而死，而歌而淚。落筆之時，內心仍在翻絞疼痛。

〈因為相遇〉裡面，有涵養我生命的師生恩情，曾經的純真無邪全在校園蘊化，老師、學生是我的貴人，少了他們，我會是一棵失去光彩的枯木。

〈悠然情思〉道盡我初老的情懷，這個角度看晚霞尤其絢爛。聞著幽淡的花香，正好享受秋光餘韻。

退休後我四處慢遊，體力所及之處，盡情護貝大小新鮮事，〈人間留痕〉及時封存記憶。凡走過都是美好，溫暖飛上我清冷的眼眸。

我天性軟弱，有著與生俱來的騃癡，不自量力的扛起家族的深責重任，毅力和閱歷使我羸瘦的肩膀轉趨堅實。也有過迷惘低潮的情緒，幾度猶豫徘徊，最終還是擦乾淚水鼓起勇氣，以最飽滿的姿態挺向未來。

這一生努力付出過，身後事也已安排好，夕陽黃昏下不唱「一船明月，兩岸清風」的高調，只願「偷得浮生半日閒」自在的「傍花隨柳過前川」。

人間值得深情凝視，我常佇立北窗，小酌一杯絕美給自己驚喜，歲月不奢望長度寬度，但求有情味、有興味，此心足矣！

目次

卷三 因為相遇

卷四 悠然情思

卷五　人間旅痕

卷一　落花心情

妳曾經綻放過華美
凋零了
我只當隨風去了四方
來春還要供養

吹不散窗口的身影

患了水腦和帕金森氏症的媽媽，有幸遇到良醫對症下藥，頭幾年生活還不至於完全失序，然而七年後，大小便開始失禁，對天氣冷熱的感覺也失準；第八年，假牙因牙床萎縮而逐一鬆脫；雙腿無力，輪椅正式成為移動身軀必須的配備。儘管醫學發達，新藥不斷研發，我也密切觀察，稍有異狀立刻帶她就醫，然而生命終有枯萎時，住在護理之家的媽媽，再也不能走到窗口，和探視她後依依離去的女兒揮手道別。

該換尿布了，她嘟起嘴抗議，說是乾乾淨淨的，其實換下來的又濕又重又嗆鼻。嚷著上廁所，在馬桶上一坐二十幾分鐘，卻解不出來。

夏天穿著毛背心，摀出一身汗。大冬天，把上衣一件件脫掉；棉被捲成球狀，往地裡扔。

不喜歡洗澡，洗的時候又高興得像個孩子。我用沾了沐浴乳的雙手輕輕摩娑她仍然細緻的頸項，多痣的背脊，下垂至腰際的乳房，孕育過子女的肚腹，細瘦的雙腿。溫暖的水流順著軀體滑落，她興奮的拍打，水花在我們四周濺迸。

在我年華逐漸老去之際，扮演為照顧者，媽媽變成需要呵護的孩子，母女都有新身份，而且適應良好。

她不曾做過宴席大餐，家常小菜倒燒得十分可口，蒸蛋尤其滑嫩鮮美。近年來，我試著做出媽媽的味道，在公園的微風煦陽下餵她。媽媽倦意襲身，勉強嚐幾口就疲憊的緊閉雙唇，像是無言抗議我走味的廚藝。無奈的看著她獨自往深遠處下沉的意識，就算驅遣一艘擁有最新科技的潛水艇，也無法打撈。八十八年的滄桑，她需要一個人慢慢咀嚼。

午後，我搬張椅子坐在輪椅後方，伸出手臂圍擁她的肩膀，貼近她裝了助聽器的耳朵說話：天氣很冷，多穿點；外面下雨了，明天我們再去散步；我放費玉清的歌給妳聽，很好聽喔。飽受病魔摧殘，媽媽已不大愛開口說話，擔心她會遺忘了語言，因此刻意換成疑問句要她回答：今天我們吃木瓜還是奇異果？照顧妳的小姐叫什麼名字？逐漸僵化的面部只是點頭搖頭，或偶而微微牽動嘴角。即使有一天媽媽老到雙眼空茫，心思恍惚不明，在遺忘的國度只剩臥床灌食的需求，也要撫摸她溫暖的雙手，說悄悄話。永不放棄愛她，是最好的回饋方式。

一九四八年，媽媽辭別四川的親人，飛揚歲月，繁華故事，從此硬生生折斷，曾經青春以飽滿的顏色，生動彩繪的名門淑媛，夕陽只能照見她載不動鄉愁的霜髮，憂戚的眉宇。自己的生死早已放下，卻無法坦然面對親人的萎頓，每次離開護理之家，仍然會抬頭望向二樓的窗口，彷彿看見媽媽微笑凝視的身影，從未離去。

白髮吟

八十多歲的胡爺爺，兩年來無論晴雨，都撐把黑傘，帶點水果，或炒個小菜，上午十點左右，到護理之家來探望老伴。胡婆婆患了帕金森氏症，早坐了輪椅在大廳等候。用完午餐，看著老妻由照服員抱上床，交換一個六十年來再熟悉不過的眼神，爺爺安心的拄了傘，緩緩走向電梯，駝著的背，比來時要挺直多了。

後來，好一陣子見不到爺爺的身影，婆婆落落寡歡，每天直盯住電梯，心情隨它開闔而燃起希望，瞬間又陰鬱消沉。下午的團康活動，提不起興趣；大廳新近換了四十二吋電視，似乎也安頓不了懸宕焦躁的心。問她，連續劇好不好看？勉強露出笑容，搖搖頭，銀髮下的壽斑，像潑灑的咖啡漬。只有爺爺拎著小菜來，婆婆臉上才有春天。

原來胡爺爺住院了。那天到陽台收衣服，被門檻絆倒，髖骨、小腿，兩處骨折，醫院一躺就是個把月，語言能力，有一半摔在屋外。出院後也住進這裡，夫妻分住二、五樓。這裡男女分層，沒有夫妻房。能同個屋簷就當是團圓，兩人都安心。

除夕，各樓層高掛起春聯，彩燈張結，越南籍的照服員，把胡婆婆推上五樓，夫妻倆坐在輪椅上圍爐，沒有兒孫繞膝，並不覺得孤單。

柔和的燈光下，眼眸細細撫揉著彼此肌膚上雕鑿的痕跡，彷彿低聲安慰：老伴，我已衰老，再也不能緊握你的雙手；言語表達不出的，你必然會聽到心聲。我們曾經相愛爭執，爭執相愛，如今走過衝撞歲月，終能漸行漸近，點燈作伴，平靜相守。老伴，請不要害怕逐漸僵硬冰封的記憶，你像一罈芳醇的美酒，醉在我心底，永遠永遠……。

街燈撐開夜色，塵煙往事，如窗上片片光影，忽隱忽現。室內飄送暖意，春天靜靜躺在身邊。

別問我是誰

「好漂亮！」胖呼呼，圓圓臉的李婆婆，拉著我粉紅色的衣角，發出讚美。眼光煥彩，人也精神起來。

春天造訪的季節，護理之家的照服員，換上有朵朵小花的新衫，來回穿梭，像是滿園淺粉淡紫，迎風搖曳。婆婆眼珠子老是盯著她們轉，忘了碗裡香噴噴的飯菜。

李婆婆原是小學老師，退休後到美國和兒女團聚，人人稱羨。正當安享天倫之際，阿茲海默症無情的找上門。將自己反鎖在房間、浴室；水龍頭、瓦斯記不得關；經常服藥過量，再不就是忘了吃；明明才用過大餐，卻說餓了一整天……。老媽媽病得不輕，幾個兒女生活秩序大亂。

上班的上班，上學的上學，大家都忙，只有安養院可以安頓。參觀了幾所，庭院優雅、寬敞明亮、設施齊全，似乎無可挑剔，可是婆婆的英文，除了哈囉、摸鈴，其他的，諸如哪不舒服，需要什麼，一句也不會說，怎麼溝通呢？

「我和媽媽還是回台灣好了。」大兒子毅然擔起責任。弟弟妹妹縱有不忍不捨，畢竟那是最熟悉的家園。於是婆婆住進來，和媽媽同桌吃飯。

婆婆胃口不錯，吃得飛快，放下碗，一語不發就回房間，卻睡在別人床上，尿了一身。

那天午餐時間，媽媽細嚼慢嚥，婆婆大口吞嚥，一切如常。婆婆突然失神，放下湯匙，轉身，歪歪斜斜往房間走。機伶的照服員立刻跑去攙扶，「還沒吃完呢，婆婆！」恍然想起什麼，她喔了一聲，又回座，埋首努力。

之後，電力經常中斷，迷失在陌生的地方。我特意穿了粉紅色衣服，拉起李婆婆的手掌摩娑，鏡片後迷惘的靈魂，似乎極力想從遙遠的海域泅回，終究失敗。

接著，婆婆開始需要他人餵食，去陪媽媽的時候，我主動要求擔負這項工作。

然後，吞嚥困難。

然後，插上鼻胃管。

身軀明顯縮水。

大兒子還是常來，不再像以往問媽媽叫什麼名字。女兒飛回來，守在輪椅前，止不住淚水。

來自渾沌，歸向大荒。你是誰？他是誰？我又是誰？

失落的歌聲

午覺醒來，寶雲阿嬤換好尿褲，由照服員小心牽著，顫巍巍，笑咪咪，從臥房出來，曲膝躬背，步履虛軟，身形更顯得弱小。額高人中長，兩頰豐腴，膚質光潔，怎麼看，都是位慈祥動人、性情溫和的老太太。

其他房間的老太太們，能走的走著，坐輪椅的被推著，都聚攏到大廳排排坐。阿嬤在椅子上，又開起獨唱會：「捧澎、捧澎、捧澎……。」抑揚頓挫，韻律和諧，雙手自然打出拍子，動感十足。週圍的聽眾，冷漠木然，枯井無聲，勾不出心底深層的欲動。夾在電視機超大的音量下，阿嬤陶陶然，忘情演出。

除了唱歌，阿嬤什麼都忘了，包括吃飯。照服員把湯匙送到嘴邊，秀秀氣氣吃一小口，不餵，也不見吵餓，吃完又「捧澎、捧澎、捧澎」開唱，熱情的環視身邊的老太太，眼神中彷彿有個美麗的夢，要妳和她一起飛翔。

不唱歌的時候，照服員老愛捏捏她臉頰：「說，我愛妳！」

「我愛妳！」阿嬤應聲附和。

「呷飽未？」

「呷飽未？」仍然笑嘻嘻學話。

如此逗弄，腦細胞受到刺激，會退化得慢些，照顧的人這麼認為。話雖不錯，畢竟少了尊重，不妥當。我以為，做些繪畫或拼圖遊戲，搭配吃藥，效果會更好。媽媽就是醫治得當，失智情況改善不少。

偶而阿嬤的女兒來。原來老人家兩年前開始健忘，常走丟，幸運的話，鄰居送她回家，也曾經三天後，才在警察局找到。不久就被送到這裡來安養。

「有沒有看過醫生？」來陪伴媽媽的時候，我試探的問，想把媽媽的腦神經內科醫生介紹給她。

「我兄嫂都不送她去，我嫁出去了，又能怎樣？」語氣無辜又無奈。

寶雲阿嬤又笑著唱起歌來，如嬰兒般單純快樂，找不到滄桑。

痴呆得很快，不到一年，阿嬤走路的功能全然喪失，整天躺在床上，間或發出幾個聽不懂的單音，午後的獨唱會，悄悄落幕。

不論年輕時候，阿嬤是否有過用歌聲築夢的願望，天籟都會在我心深處，繼續傳唱。

回家

張婆婆已經九十五歲高齡，在護理之家的二樓，和媽媽同住一間房。精神和視力還不錯，到底年紀大了，得由照服員抱上抱下坐輪椅；記性差，這個兒子跟那個兒子混淆不清。

住在這裡衣食無缺，又有專人細心照顧，兩個女兒輪流來陪伴，天天有親人在身邊，我湊近婆婆耳邊，大聲誇她好福氣。老太太可不以為然，還是家裡好。

婆婆有家回不得，也是沒辦法的事，八個兒子都已經七八十歲，需要兒孫輩扶持，女兒也有七十幾，一群老人，怎麼照顧老媽媽呢？

經濟蕭條的年代，婆婆辛苦帶大十個兒女，各自成家立業，和睦無怨隙，真不容易。老伴雖不在了，幸虧兒女都孝順，安養費兒子們負擔，陪伴的任務就交給女兒，畢竟住得近，又貼心。

大女兒早上來，小女兒下午到，把帶來的麵線糊或布丁，慢慢餵老媽媽吃。老人臉上的肌肉，已經無力做出表情，問她，還是會說好吃。見到我，總要問幾遍，在哪上班？一個月賺多少錢？女兒在旁尷尬得直說對不起。

有時候婆婆沒蓋好被子，媽媽會下床去拉拉被角，或找件衣服幫忙蓋上。那段時間，媽媽是這裏的「班長」。

不久媽媽從「班長」一職「榮退」，失智症起起伏伏。張婆婆也躍登百歲人瑞寶座，體力差了許多，整日躺在床上吊點滴。偶而兒子們來探望，抬抬眼睛，發不出聲音，也不知還認不認得。多次進出醫院，除了胃不好，其他倒也沒什麼大病，只是老了，累了，想休息。醫生說。

兩個女兒跟著媽媽奔波於醫院和護理之家，焦慮憂心，七十一歲的姊姊，兩次暈倒在媽媽床前，媽媽依然睡得打呼，不知今夕是何夕。

妹妹體力還好，守候床邊，不時拍拍媽媽臉頰，搖動她肩膀，嘴裏嘀嘀咕咕唸著：醒來，醒來，不要睡。知道我是誰嗎？又拿百花油在肚子上擦擦抹抹，一刻沒閒著。

「小姊姊！小姊姊！」我喚她，想安慰幾句。

「我知道妳難過著急，但是老太太一定很累，讓她休息，妳也歇歇。有沒有經書？帶本來，坐在旁邊唸給她聽，佛祖會庇祐。」

小姊姊哽咽道：「怕她醒不過來，一直睡，一直睡。」我也紅了眼眶。

那天再去，老太太的床上鋪了潔淨平整的床單，人呢？心頭一震！照服員說，昨夜四點多，突然喘得厲害，送到醫院去了。我挽著媽媽到長廊上走走，免得她面對空蕩蕩的床鋪感傷。

日子似乎更漫長了些。

過了一段時日，聽說張婆婆出院，轉到有氧氣照護的六樓，仍然酣暢的安睡，不知夢裡，可曾回到美麗的家園？

小腳婆婆

車子停下來，護理之家的副院長及社工人員堆滿笑容，推著輪椅前來迎接。一對中年夫婦，攙著笑呵呵的老太太緩緩現身。

老太太銀白的齊耳短髮，稀疏服貼的順在腦後。整潔的中式灰衣黑褲，裹著羸弱嬌小的身軀，神情安逸愉悅，散發一種慈祥之美。坐上輪椅，好奇的打量四周，唇間微笑始終沒停過，讓送她來的孫子、孫媳婦，放下一百二十個心。

老太太被安置在二樓，和媽媽做了室友。

「婆婆，您好嗎？」我大聲問候。

「好好，大家好。」聽力智力都還不錯。

照服員幫老太太整理好帶來的衣物，就推著她往外走。我牽起媽媽，跟在老太太的孫子夫婦後面，也到大廳來。才進門廳，二樓就一陣騷動，其他照服員、護士、會走路的老人，都圍過來搶睹一百零五歲人瑞的風采，尤其是那雙小腳。

「痛不痛？」有人按了按拱起的腳背問。

「妳幾歲纏腳的？」

婆婆很健談，只是一口濃重的山東鄉音，得花點時間猜答案。

「解開借看一下可以嗎？」

眾人瞪大了眼睛，尤其是幾個外傭，更期待揭開中國文化裏的最後一項傳奇。

負責照顧她的照服員是樓長，看了看鐘，彎下身說：

「婆，我們現在先吃飯好不好？等下我幫妳解。」

老人們有些失望，蹣跚散去，工作人員像猛然想起什麼，嘰嘰咕咕飛奔到工作崗位上。一時間，碗杓齊鳴，大廳另一齣熱鬧的戲碼登場。孫子夫婦什麼時候離去的，沒人注意。

住下來後才發現，婆婆遠不如乍見時候的健康，例如：心臟腸胃都有毛病；忘了幾個月前獨生子和媳婦已相繼去世；兒子、孫子分不清；雖然還算耳聰目明，但是不分晝夜喃喃自語，同房間的人，睡眠全受干擾；更嚴重的是，兩腿自膝蓋以下，因血液循環不好而發黑、無力，偏要頻頻起床，說自己還能跑路。講完又是一陣呵呵。

這把年紀還能開懷的笑，又樂觀風趣，應是婆婆長壽的主因。

一天，照服員掀開被褥，幫婆婆換尿布、衣褲，我正好在場，終於看清楚白線襪子裡面的神祕。

還好，較三寸金蓮大一些些。

腳背像受外力撞擊似的隆腫，怪嚇人的。

大拇趾高高翹起，其他四趾因長期纏縛，已骨肉模糊，黏貼腳底，幾乎分不開，形狀像極了當我們說「讚」的時候，所比的手勢。當然我的心一點也「讚」不起來。

腳掌因前後擠壓彎折，在腳心跌宕出一道世紀溝痕，美麗又醜陋。

與時代深層的悲劇照面，我彷彿看見一位四五歲的小女孩，半夜摀著腳，痛苦掙扎，哀嚎扭曲的慘狀。

兩個月後，婆婆由於嘔吐不能進食而插上鼻管，房間裏安靜許多。

接著病勢急轉直下，救護車將婆婆載進醫院。

過了個把月，正擔心婆婆風燭殘年，是否抵擋得住病魔，一天下午，就見她的孫媳婦來收拾衣物，跟照服員深深一鞠躬，低著頭匆匆離去。

婆婆子孝孫賢，家庭美滿，必定呵呵的笑著抵達天國。

溫情相待

聽說有位日本籍的婆婆，就住在媽媽的隔壁房，下一次到護理之家，特地帶了兩根香蕉送她。

她靠在床上，四肢瘦小，肚圍明顯鼓脹，身高應該不超過一百五十公分。我用雙手捧上：「喔咿西ㄋㄟ」，這是除了「阿里阿多」、「莎喲拉那」之外，我僅會的日語。她非常驚喜，不能置信。遲疑幾秒，等確定我的善意後，羞赧的一笑，用乾瘦薄削的手接了過去。吃著吃著，突然啜泣起來，口中喃喃一串聽不懂的語言，是訴說哀怨的過往？是感激我這陌生的友誼？阡陌縱橫的小臉，透著異鄉的孤單和垂晚歲月的滄桑。

不曾見到兒子來探視，女兒要繳費那天才會出現，來了也只默默在床前坐會兒就離去，沒人清楚日本婆婆的身世。照服員說婆婆肚內有顆腫瘤，壓迫得雙腿不能行走，年紀大了，開刀風險也大，晚輩並不主張動手術。

每星期我會擇一天，帶兩根香蕉去看婆婆，她斜著身子在床頭等待。幽幽的啜泣聲、喃喃聲，無法溝通的兩人，因傾聽而找到片刻溫暖。

※※※※※

電梯門頓了一下，慢慢往兩邊展開，男子先把右腳甩出去，左腳顛了顛，才跟著背後的黑色背包，沉重挪出電梯。我抬頭看了一眼牆上的掛鐘，十一點整，真準。那是這裡的午餐時間。

他來到秀美阿嬤跟前，臉型眉眼，重複著媽媽的輪廓。親熱的喊聲「媽」，把水果從背包取出，放在輪椅上的小桌，然後晃著微胖的身子，一甩一甩，吃力的到牆角邊拿椅子過來，與阿嬤對坐，看她用湯匙舀飯吃。幽靜守候的畫面，風雨無阻的呈現了一千多個日子。

老人家每週洗腎三次，輪椅旁掛了尿袋；有糖尿病，又愛喝點飲料，兒子就按照醫生指示，在家做好甜度適中的帶來。他本是職業軍人，退伍後做點小生意，一場意外，命是保住了，卻落得終生殘障。

阿嬤抬頭看看兒子，無言的翻滾著憂傷與喜悅；兒子眶眶點頭，看似淡淡地說：「慢慢吃。」

幸福，就是親子間一抹交會的眼神。

遇見幸福

唱完生日快樂歌，大伙兒簇擁著九十歲的美枝婆婆吹蠟燭、切蛋糕，站在一旁的貼心兒子，早另外準備了乳酪蛋糕，端到面前。

每天早上，兒子把婆婆送到護理之家，順便在這裡當志工，將各樓層需要做復健的老人推到復健室，才去上班；天黑，再接婆婆回家。五十多歲的他，臉上一直掛著謙和的微笑，告訴我說，以前媽媽由哥哥照料，現在他的年紀也不小了，理當我來接棒。聽在耳裡，我好生羨慕，母慈子孝，兄友弟恭，多麼優質的親情關係啊！

婆婆慈祥溫婉，見了她，我就忍不住快步到她面前，握住瘦弱的手，噓寒問暖。餵她吃飯糊，總是客氣的再三道謝；偶而食欲不佳，問她是不是廚房做的素食不合胃口，也都笑笑說不要為難人家，她們也很辛苦。

去年婆婆健康衰退得很快，神志時而恍惚，清醒的時候，仍然輕柔的回應著週遭人士送來的關懷。安養機構裡，親情熬磨，各種生命故事穿梭流轉，我在美枝婆婆母子身上，聽到一首幸福的歌，緩緩氛氳開來。

※ ※ ※ ※ ※

叫她「婆婆」實在太沉重，大我不了幾歲嘛，不過養護中心的老人家，我都這麼尊稱，論輩不論歲，見了她，當然恭恭敬敬喊一聲「婆婆好」。

見她在大廳穿梭，伸手向人討東西，護士小姐故意板起臉告誡：「乖乖坐著喔，不可以去按電梯，就有巧克力吃。」

「乖，幫忙把碗筷擺好，等一下給妳好吃的。」照服員推著餐車前來吩咐。

她歪脖子乜眼睛，笑嘻嘻，揮手舞腳跟了去。

阿玉婆婆有中度智障，大她二十歲的榮民丈夫疼她、照顧她，終究提前一步，到天國幫她先安頓一個家。之後，兒女都忙，放在家裡不放心，商量後把她送來這裡。

婆婆喜歡漂亮，頸項手腕，紅黃藍綠紫，各色珠寶披掛上身，逢人便炫耀，包括時髦鮮豔的衫褲，都是孩子們依她的喜好買的。兒女也寵著媽媽。

原來，不知道自己的不幸，也是一種幸福。

用心關懷失智老人

經常在巷子口，與一位八十多歲的阿嬤相遇，她住在我家附近，幾乎每個下午都會看見她，一襲花色連身洋裝，手提小布包，拄著拐杖傘，出門散步。

一天，阿嬤走在我前方，突然問迎面路過的年輕人，哪裡有賣「番阿火」的？大男孩摸摸頭，東張西望，弄不清楚她要的東西，也不知在哪裡可以買得到。

又有一次，我上美容院剪頭髮，老闆娘跟我說：「對面那個阿嬤，前天來燙過頭髮，今天又來說要燙。」

原來老太太有些失智，趁家裡沒人，出來逛逛。我很擔心她會忘了回家的路，又不認識她的家人，也怕她的家人誤會我多管閒事，因此不便提起照護的事。

好幾回我們不期而遇，就陪著阿嬤散步。她常問我：「妳有幾個小孩？嫁娶沒？住在哪一棟房子？」千篇一律的提問和答案，我倆樂此不疲的分享著。

每次相逢，阿嬤都有初識的驚喜，在她眼中，或許我是友善的陌生人，所以敢放心的和我聊天。

冬天天冷，我幫她把衣領拉高，叮嚀她要穿暖一點。她感激的說謝謝，並且說：「妳一定對妳阿母嘛同款友孝。」讓我更加思念起天上的媽媽。

媽媽也有失智症，怕她走失，我做了一個名牌，寫上媽媽和我的名字，以及聯絡電話、地址，別在她胸前。後來又向內政部訂製一條「愛心手鍊」，戴在媽媽手腕上。如果走失，經好心人發現，可撥打不銹鋼手鍊內側的免付費電話號碼，即可連絡上相關單位和全省協尋通報系統，通知我將媽媽接回家，或由警察機關先行派員警前往處理。好在這種情況一次也沒發生過。

關於「愛心手鍊」的申請，目前各鄉鎮縣市的社會處老人福利科，都可以承辦，非常方便。

媽媽曾經住過的護理之家，常見失智的老人，有人茫茫然遊走，沒有方向感；有人飯吃到一半忘了下一口；有的會偷別人衣物；有的見人便要討錢；有的大小便完全失禁；有的不斷編故事，說得頭頭是道……。

沒有兩位失智的情況完全相同，照護者要尊重每一位失智者的獨特性。而且每位失智者腦部受損的部位及程度不一樣，照護方式也需要視個別差異而調整。

總之，用心關懷，善用社會資源，才是讓家人安心，也讓患者獲得妥善照顧的不二法門。

妳笑了笑
擺一擺手
隔著小小地窗扉
走回遙遠

卷二　思念如水

落日長煙

我的臥室有好幾座櫥櫃，用來掛放家人的衣物和用品，其中一座的兩扇門內，貼滿了我在報章上發表過的文章，重重疊疊，密密麻麻，外子說那是「符阿」。因為有些泛黃，乍看之下，再發揮點想像力，確實像道教用來驅邪的符籙。幾次要我撕掉，我皆不從。那種情感，他不會懂的。

父親熱愛文學，教書之餘，一方小桌上閱讀寫作，就是天地。寫好後貼在牆壁，邊欣賞邊吟哦，過會兒又拿下來更改，然後再貼。有時候看見我在身旁打轉，也叫我改，一個字五塊錢，改對了就封我為「一字師」。父女倆相唱和，家中壁面因而殘留著更多斑駁污漬的印痕，常惹得媽媽氣極敗壞，撕下來揉碎，丟擲在桌。他也只是無奈地笑笑，攤平，再伏案。

父親誕生在專制與民主交替的夾縫年代，歷經抗戰、國共內鬥，曾經果敢地涉入政治漩渦，企圖在亂世崢嶸出一番事業；也曾經當過袍哥大爺，受人奉承尊敬。然而這些意氣風發，都如過眼雲煙般快速消逝。一九四八年，在難民逃亡的狂潮中，眼睜睜看著歷史轟轟烈烈走近，又沒聲沒息地離開，時代光點忽隱忽現，落在他命運錯置的一生。

出生於農村的父親，從小喜好讀書，下筆成章，鄉人稱他為「神童」。四川大學中文系畢業，本可以在社會上大展長才，孰料戰亂下離鄉背井，委身海島的鄉下學校教書，貧病潦倒終生。自有記憶以來，我沒見過父親有任何應酬和不良嗜好，靜夜裡閱讀四書五經、紅樓夢、玉梨魂……，寫他心中的江河湖海，兒女情長，在文字裡享受最美麗的寂寞。詩詞、歌賦、論文、小品，一落落稿紙堆疊牆角，乏人問津，仍然固守著他的文字修行，直到晚年。他有個隱隱作疼的傷口，從來沒說過，上天不給他機會，中風，廢了右手；再中風，啞了嗓子。

我常以淒涼的心情，回望他起始的尊嚴與生命盡頭的卑微，有著無比感傷。他默默走完了歲月，留下長年孤寂寫作的背影，清晰刻印在我心版。我想，我之所以創作，不只是希望把心中的痛楚寫成文字療傷，原始的基因應來自父親。不以成敗論英雄，他確實一路牽引了我。

時間的光影在父親與我的書桌上移動，站在時光隧道的這頭，遙望父親的堅持和敬業，撿拾散落滿地的吉光片羽，用它傳遞心聲，寫自我的生命軌跡。感激父親的身教，當挫折考驗我時，始終能守著閱讀、寫作這項陽光正向的興趣，不致陷落。

父親離開已三十多年，偶而出現於夢中，醒來酸楚，直想奔赴夢境，重溫瞬間的孺慕。更多時候，儘管文章已經上了報，集成書，仍然以虔誠的心剪下來貼在櫥櫃門內，與父親的貼在牆壁，有異曲同工之妙。不是自戀，而是複製記憶，與父親心念相應，彷彿他就在身旁，從未離去。

繁花夢露——母後一年

總相信，我在心中供奉的一念虔誠，會讓媽媽入夢來探詢，然而，不眠的夜，媽媽怎麼入夢？

刻意睡在她的房間。清醒的夜晚，聽見熟悉的咳嗽聲自耳邊傳來，再聽聽，什麼也沒有。聽見拖動餐椅的咯咯聲，起身察看，一屋杳然。

三百六十個日子過去，夜裡逐漸能入眠，媽媽憬然赴夢。場景依稀是北斗，我們住的文苑新村的家。我正短衣短褲，躬著腰，擦拭通往二樓的階梯。邊擦邊想，媽媽去哪了？是上街去，還是在許媽媽家聊天？

倏的，就見媽媽站在客廳中央，背對著我。什麼時候回來的？一點聲響都沒有。她急急朝院子走去，彷彿聽見誰在門外召喚。紗門唰一下拉開，又啪一聲彈回。我用力呼喊，聲嘶力竭的呼喊，這麼熟悉的「媽媽」兩個字，就是發不出丁點聲音，只是乾嚎，眼睜睜看著她的橘色上衣、灰色七分褲，摻入一片金光，模糊的消溶在燦爛千陽下，頭也不擰。

媽媽很少入夢，那是她過世一年來，我最慟絕的夢境。

她用自己的姿態瀟灑離去時，不曾許下來生重逢的誓言，一如在人生舞台演出最後一齣戲碼時候的優雅謝幕。千古人生，我們都只能切入一瞬，八十九年的繁花夢露，六十二年的母女相依，最終也只能換回一場訣別。

依附的情感突然終止，天地間只是一個人飄盪，整個身子都是痛的。努力適應失去親人的日子，白日壓抑太過，夜晚反彈的心悸胸悶就越大。表面上生活功能與秩序如常運轉，心中真正的痛只有自己最清楚。

思念綿密，宛如湘繡。發作的時候，買一杯媽媽最愛的珍珠奶茶，跳上車，漫無目的的在市區恍神，在腦海裡咀嚼不再有的音容舉止。站在高樓，俯看光燦街心，自問：我是不是人間孤兒？生命中所有的段落，是不是都會落得如此下場？

這一年發生許多事，原有的病痛之外，又增加耳鳴、吞嚥困難，醫生說是「創傷症候群」。生離與死別是我最難以承受的失落，我盲目的期待死亡的復生，疏離的轉心，然而，悲傷不斷的從過去累積到眼前，襲捲我一起滾向未來。我驚瞿的注視它，再不堅強振作，痛苦只會無限延伸，將我吞沒。人身難得，我願意就這樣結束嗎？

孤獨反覆的哭著，摸索著爬起來，面對清冷的窗口整理心緒。散步、曬太陽、抄經、聽音樂、看勵志性書籍。復原沒有想像中容易，疲憊與憔悴讓人一眼看得出，但是樂章已經輕輕揚起。

新的一年來臨，重新期許自己，用眼淚清洗鬱積之後，生命的花瓣要一層一層的舒展，讓所有季節都是香的記憶。今生的緣雖留不住，但刻鏤的永遠是最真實的不捨與感動。悲傷，只是春天寂寞的句號。

溫柔的思念

五彩繽紛的跨年煙火，在歡呼驚豔聲中隱入天際，緊接著充滿人情味的春節熱鬧登場。人們忙著輾轉賣場，採買各種美食，以便闔家團圓時大快朵頤；也忙著挑選衣物，好煥然一新的迎春納福。

去年這個時節，我到服飾店替媽媽添購保暖的褲子，老闆娘笑容可掬的過來招呼，問明白我需要的尺寸，挑出兩條推薦說：「這是今年最新的款式，刷毛的內裡柔軟保暖，很適合老人家冬天穿著。」我喜出望外，連忙買下。一條是柔和的粉藕色，另條是貴氣的紫金色，都能襯托媽媽高雅的氣質。

結帳的時候，老闆娘嘆一口氣說：「有媽媽的女兒真福氣！我媽媽去年過世，今年初二我已經沒有娘家可回。」不待說完，早已泣不成聲。我想起風燭殘年的媽媽，不知道這個福氣還能享有多久，也哽咽起來。兩個年過半百的女兒，在喧鬧的大街門口，相擁流淚。

沒多久，親愛的媽媽，竟在穿過新衣褲，吃過元宵湯圓後的一個清晨，悄悄離我而去，今年這個年，我已經是無父無母的孤兒！

媽媽過世後，我鄭重向家人宣佈，從今以後再也不過母親節和生日。生養我的雙親已然離世，過這些節日徒增傷悲，寧願把相思的音符緊貼心間，靜坐默哀。

過年前，我又來到這家服飾店，牆上、櫃子裡掛滿各款衣褲，興隆的光景猶勝去年，老闆娘春風滿面，仍然露著誠懇的笑意。從眼神中明顯看得出，怕是忘記我曾經光顧過她的店鋪，也似乎走出失親之痛。我欲言又止，默默在心中替她高興，獻上祝福。

挑了兩件大尺碼的刷毛褲，付過帳，出了店門，沿麻園頭溪的堤岸慢慢走著。豔紫荊在風中搖曳，花瓣鋪天蓋地，美得令人想膜拜頂禮。摩挲著手提袋內的刷毛褲子，有一種媽媽的熟悉的味道。佇立溪岸出了好一回神，轉個彎，朝護理之家筆直走去。

記得去年幫媽媽換上新買的褲子，推著她，從臥房來到大廳，照服員和護士小姐不斷讚美，媽媽的嘴角彎成一道彩虹，那神情又可愛又得意。隔座的兩位婆婆，以羨慕的口吻問我，在哪裡買的？她們也想要。此刻我就是前來送禮的。希望寒冷的冬天，婆婆們穿上它暖身又暖心。

我將媽媽美麗而永恆的身影，收藏在心最深處，用這種方式，溫柔的思念。

時光機裡的親情

當藍波升上國三，尤其模擬考的成績越來越接近中區聯考的分數時，更堅定我在台中購屋、從小鎮調職到城市的決心。

搬家、聯考、調職，三個環節緊緊相扣，任何一環出差錯，都足以將我們母子拆散。那些日子，天天我的手心都捏著一把冷汗，幸虧上蒼垂憐，三個願望同時達成。財力不足，只買得起國宅。這是我人生的第一棟房子，象徵生命的另個起點，媽媽比我還興奮。

每天清晨六點，和藍波相繼出門，晚上各自在房間批作文、寫功課，媽媽看電視，一家人平凡的生活著，幸福。

也許功課重，壓力大；也許有自己的心事煩擾，藍波開口的頻率顯然比過去少很多，我相當惶恐，摸索著適應青春期的男孩，因他臉上的陰晴而琢磨是不是可以流露關懷。

傍晚，站在公園側門等他放學，凝望北平路匆忙的過客，直到日暮，悵惘返家做飯。

一個冬日，媽媽想念她的老朋友，回北斗去了，家中只有娘兒倆，我提議去公園拍照，十六歲青澀的男孩，難得讓我親近一回。

天氣清朗，枝葉搖晃，增添林間亮度，瞇起眼，留下他藍衣白領的側影，小虎隊的蘇有朋也不及我兒英俊。固定好腳架一起合拍，照片裡的我纖瘦，而藍波已然高壯。

那天他開懷的笑了。多渴望住在這段時光裡。

幾年後我換了大點的住屋，國宅出租，租金用來繳貸款。藍波成年後，起家的房子預備送給他新婚所用，他不要。我說，那賣了，現金拿去付你買屋的頭期款。也搖頭。他拒絕所有我願意付出的，包括愛。

媽媽住護理之家的初期，常陪她回公園散步，坐在涼椅上喝珍珠奶茶，從樹縫間遙望三樓的窗戶，那間曾經擁有我們共同回憶的小屋。

不久公園的圍牆拆掉，樹更老，蔭更濃，夏天推著輪椅，帶媽媽到這裡閒晃。

去年媽媽到天國之家安住，我單獨回去探望老鄰居。鄰居指著對街說，已經動工的捷運站就在那裡，國宅佔地利之便，房價翻了四五倍。聽了，淚靜靜垂下。我要的不是這些。

媽媽走得遠，一直沒回來過；藍波長大，朝他想要的方向急速飛去。小屋內有過短暫亮光，往後的歲月，只聽見碎裂的聲音。我疲憊的雙眼，凝望著夢中閃爍的幻影，那是段封印在時光機裡的親情。

珠寶盒

我幾乎不戴飾物，也從來不把心思放在這上頭，少少幾件金飾，全標示好將來要送誰送誰，鎖在保險箱裡。

一位像長輩般照顧我的同事，女兒旅居香港多年，十一月我去旅遊，承她熱情招待，離港前送我一個小巧玲瓏的珠寶盒。

回台灣後，我把玩許久，這只富涵友情，又漂亮的粉紅色陶瓷圓盒子，拿來裝什麼好呢？拉開抽屜，找出那枚媽媽遺贈給我的戒指。深墨綠，有一節指頭長的橢圓寶石，鑲在K金座上。拿到窗邊審視，菱形的切面閃閃發光，是我心中低調奢華的極品。

記得媽媽也曾有過一個珠寶盒，木質，長方形，用小花布包起來，藏在床下。當時我和弟弟都還在念小學，晚上睡覺前，媽媽會先去巡視房門，確定都關嚴了，才應我的要求取出盒子，把裡面的寶貝拿出來展示。我們湊在燈下，緊挨在媽媽身旁，興奮好奇，張大嘴巴，眼睛也捨不得眨一下。

有幾枚鑲了寶石的戒指、幾副手環、數條項鍊，亮晃晃的；還有一顆晶瑩剔透的大珠子，爸爸說是「夜明珠」。爸爸愛哄我，不知這次說的是真還是假。關了燈，倒真的在黑暗中發出幽幽光芒。

某個傍晚，爸爸從外面回來，從褲袋掏出個小紙包，倒出來一塊黃澄澄的東西，有口香糖那樣大小，說是糖果，逗我咬咬看。我使勁咬一口，很硬，又不甜，才發覺上當。那塊「糖」正躺在盒子裡笑我呆。

雖然不懂盒子裡的價值，但是看到媽媽那麼謹慎戒懼，也隱約感覺到它的重要和不尋常。

木盒子裡的東西，隨著爸爸看病吃藥的次數而減少，在爸媽一次大吵過後，完全消失。原來一個親戚，因為買房子來借錢，爸爸不答應，媽媽心軟，把剩下的金飾全賣了變現給她。借錢的人始終沒有還，可能在借錢的當下就沒這打算。

當年生活清苦，媽媽攢點錢買金飾保值，委實不容易。晚年多病，再與那人相見，也不提舊帳。心性平靜如水，清淡如雲。

寶石燦爛而冰涼，生命再韻華，終歸寂滅。往事淡出記憶，何嘗不是智慧？

後來媽媽又買了這枚墨綠色寶石戒指，偶而做客的時候戴戴，是唯一留給我的紀念。我將它輕輕放入珠寶盒，蓋上，封存那份愈來愈深的思念。

德範長存

我的婆婆兩歲多就被經濟狀況還不錯，卻重男輕女的父親，送給人家當養女，做盡粗活，受盡委屈。

結婚後，夫家環境清寒，公公在市場和人合夥擺攤賣菜，微薄的收入要養活八個孩子，生活的拮据，可想而知。然而窮蹇乖舛的命運，卻更磨礪了她堅強的意志，背脊永遠挺得筆直。年節回娘家，必定烏絲油亮，旗袍光鮮，不讓家人憂心。

她喜歡唱歌，肚內的辛酸，往往藉著幽怨的歌聲找到出口。外子婚前，常在電話中唱給我聽的〈河邊春夢〉、〈望春風〉，就是從小耳濡目染學會的。如今婆婆已經過世十多年，偶而我們夫妻倆在晚餐後小酌一杯紅酒，他淺唱低吟的，仍舊是這兩首懷念曲。

某年母親節，兒女都回老家慶賀，午餐時間，約著到外面享用美食，我默默留下來陪婆婆茹素。她挾起一塊豆包餵我吃，我讀懂眼底的欣慰與憐疼，因著這份互通的感動，覺得菜根香更勝魚肉大餐。

一九七六年以後，外子和兄弟姊妹們陸續踏入社會，婆婆經濟上的壓力稍稍紓解，立刻加入嘉義的嘉邑行善團，造橋、鋪路、施棺，出錢出力，樣樣不落人後。假日清晨，坐上小發財車，台南、嘉義、斗南、雲林一帶的鄉鎮村里，無論烈日當空，或陰風怒號，都有她整地、挑砂石、埋鍋造飯的身影，到處散播愛心，帶給偏遠地區行的方便。

有一年，我們帶婆婆到嘉義市的中山公園走走，她指著園內的善園橋說，那是他們建造的，橋上還刻有完工於民國七十九年的字樣。這座橋只有十二公尺長，卻厚實堅固，又有婆婆的愛心和汗水，藍天白雲下徘徊橋上，心中滿溢驕傲。

婆婆晚年失聰，雙眼因白內障又不敢開刀，只能看見模糊的人影。一九九八年春天，癌細胞在她體內肆意破壞，然而，願有多大，力就有多大，人間菩薩傴僂蹣跚，依然堅持行腳。

初夏時分，只能勉強喝一小玻璃杯牛奶，丸藥必須搗碎分批吞服。

中秋節過後六天，婆婆被佛祖接引到西天繼續造橋鋪路去了。

時間一甩，又是若干年過去，我從親人那裡，收集婆婆從花樣年華到髮色添霜的生命剪影，用光碟片圓成一幅美麗的圖畫，作為永恆的追思。

婆婆為兒女立榜樣，種福田，她以行善為樂，我以她的善行為榮。

妳說過

妳喜歡唱歌，每次學校辦活動，都會聽到妳甜美的歌聲洋溢耳際。最愛唱的是〈妳說過〉，洪小喬唱紅的一首民歌。旋律多年來似遠忽近，盤旋心頭不去。

北斗教書的那段日子，我們同處一間辦公室，座位相連，一起喝茶聊天、買同款式的衣服穿。若干年後又相繼調職台中，課餘仍約著為對方慶生、逛街。

不幾年，突然的一場變故將我們打散，妳轉身離去，難道真如歌詞中說的：「要到很遠的地方，去尋求妳的理想」？

一九九二年二月二十五日晚上，我們約好在熱鬧的補習街站牌下見面，從來不爽約的妳，始終沒有現身，撥了電話到妳家才得知，妳早上上班途中，被一輛急駛的車子撞倒，頭部受傷，目前正躺在加護病房。

接下來的日子，我奔波在醫院與教室。掙扎十一天，妳平靜泅泳出生命之海。才女龔華，在一首詩中寫道：「生命本身就是以一種離去的形式存在，它枯萎時，便不用說再見了。」所以妳這隻美麗的彩鳳，振翅劃過永恆的天際，不再回頭看一次淚流成河的我？

大度山上，妳先生指著新修的家族墓園，告訴我說，將來家人都會在這個地方團圓。又在妳任教的學校，以妳之名設了獎學金和文學獎，讓妳的餘光照亮更多學子。他用最實際的行動來愛妳、紀念妳。

許多年過去了，三個孩子漸漸長大，完成學業，結婚生子。妳的先生也在妳父親做媒下，娶了原本就熟識的姻親，和妳一樣美麗、大方、和善。

失序過後，他們逐步找到新的軌道，做為好朋友，原該替他們高興，不知道為什麼，笑過之後我的心更痛。

假日我還是常去東海校園，有時候去妳家坐坐，喝杯茶。新的女主人熱情善良，無私的接納每一位愛妳的朋友，思念的淚水，可以盡情在她面前奔放。多難得！妳先生是有福氣的人。

大多時候，我只是打妳家門前經過，看看妳先生推剪過的齊整草坪，看看女主人栽植的花卉果蔬，然後來到東海湖，回想我們曾經在這裡遊盪，聽蟲鳴、賞月色的夜晚。

那天同他們夫婦上山看妳，墓碑下的時間是靜止的，不老的紅顏框成一幅永恆。歲月捨妳而去，我們卻在它的懷裡加速老去。相思風裡，更添惆悵。

妳說過：「從遠方回來的時候，要告訴我許多故事。」然而生命空白處典藏的，永遠是一個缺席的身影。二十年了，妳「像一個遊唱的詩人，四海為家任妳流浪」，可曾感應到深深的、動人的，天人相思？

相思東海

藍空下搭公車，沿中港路直上東海大學，是這些年經常享有的愜意，生命中許多美好的牽絆，也在這裡輕飄偶遇。

東海是一所美國基督教會創辦的大學，坐落在大度山的起點，當年只是一片荒煙蔓草的紅土，一九五五年開始招生，三合院、木門、迴廊、綠色植栽，讓這所書院式的建築古意盎然。

松樹林在冬日寒風狂飆中，依舊碧綠如青，沉穩傲立。樹下聽濤，吟誦著思念的名字，偶而一顆松果落地，「咚」一聲，安慰了心魂，也撐開了寬闊的背囊。

路思義教堂的外觀，像一雙虔誠祈禱的手，草坪上拍照嬉戲，遊人如織。我獨鍾情旁邊一整排的鳳凰木，六月燒紅半邊天，勾起多少童年剎那而璀燦的鴛鴦蝴蝶夢，和著叮噹的鐘聲，如霧似幻。

走過琴房，巴頌聲跌落在無邊無際的相思海，荷花女兒曾經從這裡出發，然後消失，想見不能見，是最深最痛的悽楚。將思念託予白雲，天空可看得懂？

一月份，粉紅凝紫深藍正囂張怒放，紅樹林餐廳旁的花徑，每往前一步，花香更濃似一層。蘋果成熟時，鳳仙的種子輕盈迸散，不久又會多出一株花仙子，與夾岸的軟枝馬櫻丹、紅竹，飄飛柔美。

冷豔尋詩的季節，我喜歡乘著風在山裡遊走，任風神梳理髮絲。看蓬草滾向四野；看裹上一層歲月光暈的深沉建築；看樹梢殘枝凝絕的美；看花草律動，提示我：生命只要還有一口氣在，就要繼續舞動。

東海常綠，相思樹、樟樹成林，新近又栽植了楊梅、流蘇、風鈴木，每吐出一片嫩葉，綻放一朵小花，就撐起無限希望，心靈的春天沒有句點。

教授宿舍掩映在一圍竹籬，數畦菜圃花田中，靜逸隱密，令人歆羨。過此不遠，就是著名的乳品小棧，冰淇淋舔著舔著，不覺到了東海湖，對著光影水色，花草蟲鳥，恣意奔放心中的旋律。空氣裡漫著濕濡牧草香，牧場上，牛群隔著欄柵，向遊人「哞～哞～」表示歡迎。

再順著木棉道前行，累了、渴了、餓了，海音咖啡館可以滿足各項需求。餐後點一份芒果慕斯，來一杯加了酒精的卡魯哇拿鐵，思念的時候，東海是哀愁的，而此刻，很幸福的陷在滿足閒適中。

東海的步道可以快走，可以慢走，我選擇了後者，悠悠細細，品味珍藏的時光。

秋光裡的祝福

好朋友生病了，她骨質一向不好，這次又因為跌倒傷了膝蓋，醫生說要休息兩星期或者更久，我非常擔心。好在她有感情極好又細心的親人照料，相信不久就能行動自如。

我倆是大學同學，紗帽山下的青春，多麼單純幸福。我們喜歡看淡淡地雲朵，將天襯托得更高更寬闊；我們喜歡看夜晚飄忽的霧氣，人也因而優雅詩情。共同的回憶、共同的人文喜好，友誼一直綿延至今。

她寫作，有著一個美麗的筆名。文字精準細膩，恰如其分的傳達了精緻的情感。透過文字，一次一次與讀者傾心相談，引導他們正面思考，保有向上的、純潔的赤子之心，讀她的書，年少時勵志，上了年紀是一種回味，有不同層次的感觸。

記得她出版第六十本書的時候，同學為她慶祝。恭賀聲此起彼落，鎂光燈閃爍不停，她靜靜地在座位上吃蛋糕，那份超然淡定，彷彿忘了自己是主角。

如今已寫到七十本，即使病中，仍在文學領域全力耕耘，展現內在的才華與能量。「寫到不能寫為止」她說。有一年，她右手受傷，就用左手敲鍵盤，疼痛好了，一本書也完成了，堅強純美的意志，堪為典範，誠然是太陽底下最燦爛的花朵。

文學創作是種興趣，始於孤寂，最終成為心靈皈依之所。有了靈感，她立刻躍起，振筆疾書，一篇千字左右的文稿，立馬可待。人生沒有虛擲的努力，果然很快的功成名就，屹立文壇三十多年不衰。

她找到自己的舞台，舞出絕佳姿態，用文字寫生命，嘉惠萬千大小讀者。然而寫作亦苦，我們都到了多病痛的年紀，她曾經勸我：「詞賦從今須少作，留取心魂相守。」我幾度也想這麼相勸，都著作等身了，可以歇息歇息，腳步緩慢些。繼而又想，她向來規行矩步，積極進取，做人做事嚴肅執著，寫作是她快樂的泉源和價值所在，「我寫故我在」，一生原在筆墨間，就讓她的生命能量與才氣持續爆發吧！

盼望藉著她的筆，這股文字清流，可以輕柔的引導讀者走入人間山水，盡情吸吮芬芳，陶冶性情。

秋光絢爛中，好朋友又有新書上架，欣喜之餘，更期盼她早日恢復健康，勤練游泳，延長寫作慧命。願友誼長存，年年相隨。

小婷

小婷是我住在高雄時期的物理復健師，幫我整治右手五十肩疼痛。初見就喜歡她，因為和我的荷花女兒一樣，眉似柳黛，眼如丹鳳。兩個女孩也都高䠷，她一七四，荷花一六八。

前些日子她說想到我家小住一兩天，六年不見，正想得緊，欣然舉起雙臂歡迎，計畫帶她四處走走，吃吃喝喝。

暮色蒼茫中車站重逢，擁抱瘦削的肩膀，心頭一驚，這孩子是不是病了？

原來三年前小婷的媽媽乳癌開刀，從惶恐忙亂到穩定，全由她細心照料。才剛鬆口氣，今年初又發現癌細胞轉移到淋巴，化療做完，小婷擔驚受怕的心已幾近崩潰，用意志力撐持的軀體，正以急速病態的消瘦提出抗告。

生命低潮期，從遙遠的國境之南來到台中，只想找個紓解的角落，讓鬱悶的情緒逃出幽室。

「只要想出來走走，我這裡隨時為妳敞開大門。」接著又憐疼地問她：「爸爸或兄弟姐妹能幫忙嗎？」是家人就有分憂解勞的義務，我這麼認為。

「爸爸最近視力出現問題，醫生懷疑是腦裡長了東西，正在考慮要不要進一步檢查。弟妹都在外地工作，家裡只有我一個小孩。」

「聽說各縣市社會局都設有『喘息服務』，可依各人需要申請居家、送餐服務和日間照顧，回去後打個電話詢問，請求支援，別太苦了自己。」

聽了我的建議，小婷臉上一彎淺笑靜佇嘴角，旋即陷入沉思。父母老病，永遠是孝順的子女心中美麗的牽絆，不照顧的，總有一萬個藉口活得心安理得。

如何釋放透不過氣的壓力，必需靠她自己去面對與解決，我所能做的只有陪伴、傾聽，在她無助的時候給她客觀的分析和轉向思考，然後帶她到大度山那片相思林，聽風聲在山裡細細碎碎地叮嚀。

秋光從葉縫間灑落，林相蒼蓊多情，美得憂鬱。石徑曲狹，小婷默默跟在身後，一抹林子裡的晦暗和她長久以來的疲憊，在小徑交纏延宕。

回到南部後，她來mail道謝，並說這陣子媽媽健康情況還好，早上喝一杯媽媽煮的咖啡，晚上陪她看看歌仔戲，是母女倆最大的樂趣。日子平淡，偶而有點辛苦，卻有單純知足的快樂。

小婷心靈上最暗最冷的冬天逐漸遠去，我心頭浮現的仍是她離開前夕，斜倚床邊，素顏捧讀的眉眼，瞬間悸動，真想摟抱入懷。

送不出去的杯子

大學那幾年妳通勤，我住校，課堂上匆匆來去，交談的機會不多。然而妳明媚而略帶矜持的淑女氣質，很難讓人忘懷，即使畢業二三十年才再相見，依舊風采迷人，典雅高貴。

闊別這些年，妳工作穩定，感情路卻走得崎嶇，偶而和同學小聚，總落寞在一角，臉龐交雜著淡淡的哀愁和淺淺的笑意，游離人群之外。

那天，我們同去參加班上一位男同學的公祭，悲喜交集的重逢，我以為從此可以接續華岡的未了緣。

妳說，想搬離傷心地，到我居住的城市開始新生活。我興奮地豎起耳朵：

「三十幾坪，二手屋也無妨，但是一定要向陽，可以種花。」

牢牢記住要件，細心在住家附近打探；驅車出門，也特別留意售屋廣告，一廂情願的想與妳當鄰居。多渴望曾經同窗的緣份，能在重逢裡加溫；多想以過來人的身份，把妳從淒迷中引領出來。

當一切都失去時，我們還有友情取暖。

我的熱情妳只回應過一次，之後，神祕的飄然遠去，杳無音訊。

後來聽說，妳還是在這座溪川交錯的城市，佈置了新家，我有種即刻奔去的衝動，憧憬妳會邀約我去敘舊，費心的構思，要帶什麼貼心的伴手禮。

我愛杯子，特地選了一套白瓷輕巧的咖啡杯盤，又親手搨印一朵小花在盤心，盼望帶給妳舉杯後的驚喜，也願一只潔白，盛裝我們單純的友誼。就算妳獨與天地往來，也可品嚐自己的華麗。

探得電話，我主動打去。客氣禮貌的話語，溫和而不見熱度。此後，電話線那頭，再也聽不見人語。

班上的部落格，偶而出現妳過去的學生，或小學同學尋妳的留言，我可以體會他們的牽掛和焦慮。鼓起勇氣再撥打，不肯相信自己早已消失在妳的聯絡名單之中。

妳堅持走自己的路，做為同學，除了祝福，沒有理由改變妳；流轉人生，情淡情濃，也待緣份。只是遺憾，中區西區，短短的距離，卻隔絕了關懷的情誼。什麼時候，妳會給我們這些老同學，捎個安心的訊息？

也許有一天，我沿著溪畔落花前行，遇見癡望著水中倒影的妳，我會邀妳來寒舍小坐，拿出那套送不出去的杯子，對飲佳茗，同洗俗塵。

如果妳願意。

愛的淚光

我的乾眼症越來越嚴重，剛開始，點人工淚液就可以改善；後來必須點凝膠，才稍覺滋潤；近來甚至乾到角膜破損、刺痛，只好讓醫生包紮那隻受傷的眼睛，以免感染。朋友因此笑我是「獨具慧眼」；是生活哲學家，懂得「睜隻眼閉隻眼」。

也有朋友無限憐惜的勸我：別再哭了，淚水都流光了；別再寫那麼痛的文章，「辭賦從此須少作，留取心魂相守」；別傻了，妳不是絳珠草，不用化身為林黛玉，用一生的淚水來還報神瑛侍者。

我的確多情善感，然而乾眼症是老化現象，與它無關。

無論是電影情節、電視新聞、文學作品、哀怨情歌，或是散步途中偶然的邂逅——秋雲春花、小孩老人、貓狗禽鳥，都會因為歡欣或憐惜而情緒波動，閃爍淚光。

一生的淚，為親情流得最多。有人說：「愛過方知情重，醉過方知酒濃」，而我要說：「寫過方知心痛」。一段逝去的年華，成就數本思念的文集。書成，不少識與不識的讀者，打電話來和我分享曾經的辛酸。兩個有傷口的女人，在一條線的兩端，想起各自的心事而哽咽難抑。
我的淚，來自生活的感動與生命萬物的感通。
我的淚，來自自己的、別人的，辛酸無奈。
我的淚，來自細微的心思與柔軟的初心。
我的淚，來自不忍人性中的貪瞋癡慢。
我的淚，來自難捨凡塵的生離死別。
我的淚，來自難遣人間未了情。
我的淚，來自對親情的渴求。
我的淚，來自包容與期待。
我的淚，來自久別重逢。
我的淚，來自思想起。
我的淚，來自純情。
我的淚，來自愛。
我相信，我的愛我的淚，像一首歌，在春夏秋冬每個日子，越過田野，翻過高山，在一陣輕風中，叮咚送入有情眾生的心懷。

我相信，我的愛我的淚，會在某個時刻，佇留在思念之人的心扉，喚醒伊人，對我展顏歡笑。

我相信，如果從我身上抽離了愛和淚，我的生命必定枯竭。

光陰的名字

在家爸媽叫我的乳名「ㄚㄚ」，上學後同學叫我「維賢」，那是我的學名。由於維賢和危險只有一音之差，男同學經常故意打我身邊閃過，戲謔的大叫：「哎喲，危險！」我慶幸還好不姓「曾」。

大一不小心進了外文系，系裡時興取英文名字，我的名字與危險danger音近，danger又與angel的發音差不遠，學長順口說：「就Angel吧！」不久竟真有學長姐到教室來指名要認識我。生平第一次擁有如此甜蜜的芳名，簡直受寵若驚，芳心大樂。可惜第二年我轉系，「天使」只當了一年。

畢業後教高中，比學生大不了幾歲，端不出老師架子，經常走下講台跟她們瘋在一起，互動良好，她們跟前跟後的叫我「姊姊」。同事笑我縱容學生，沒大沒小，有失師道尊嚴，我的看法是，帶人要帶心，稱謂不重要，繼續和學生們挽手摟腰。事實證明，掏心掏肝的結果，無論學業或各種生活競賽，師生同心，其利斷金，幾乎囊括所有冠亞軍。我們是一起流汗流淚的革命戰友，不論分別多少年，重逢時，細數那些年創下的輝煌戰績，每個人臉上都泛起霞光。

自從在校刊上以「牛姥姥」為筆名，發表過幾篇小文，「牛姥姥」之名在校園不脛而走。雖說書教久了，和學生的年齡逐年拉大，叫「姊姊」確實礙難啟口，可我也沒老到當「姥姥」。我明白她們只是想表達關係親密而已，也就欣然接受，一叫立刻爽快答應。

時光推移，學生一代換過一代，對我的稱謂也由「姊姊」變成「娘」。當導師難免婆婆媽媽管這管那；對學生噓寒問暖，分享、討論親情、愛情上的疑難雜症，也確實像個母親。情感沒變，變的是人人都無法抗拒的秋霜足跡。

終於面臨退休。那天學生們獻花送吻，簇擁著我不捨分離。我說：「再不走，以後的學生可要叫我『奶奶』了！」大夥破涕為笑，沖淡幾許離情。「酒店關門我就走」是英國故首相邱吉爾的名言。時候到了，原該這般瀟脫。

比較特別的是，結婚後幾乎沒有人稱我為「某太太」或「某媽媽」，仍舊以我的工作頭銜稱呼。也許是職業婦女可以獨當一面，經濟不必倚賴丈夫，也就不用冠夫姓了吧。

如今我已是兩個外孫的「家婆」，大約不會再有什麼新的稱謂上身。回顧來時路，扮演過許多角色，女兒、學生、老師、太太、母親，各種稱謂都陪我走過一段人生路，相遇與別離總是那麼怦然。再怎麼艱困委屈的劇本都力求稱職演出，但是造化弄人，仍留下難以挽回的遺憾。要怎麼做才能盡如人意？無限悵惘。

站在歲月的岸邊，我向蒼天祈求，請允許我化作輕風，一陣吹拂，回到舊時庭院，爸媽健在，可以撒嬌、撒野的童年，當個小女兒，不識人間愁滋味，再聽一聲呼喚：「ㄚㄚ」。

也是鄉愁

細雨輕灑的傍晚，獨自從遼闊煙濛的海邊歸來，揹著背包，悠悠晃晃。經過許多交錯的路口，城市光廊裡走走停停，就這麼闖入這家以麵食為主的川菜餐廳。

大江南北，各地小吃，都隱身在這座飲食文化多樣的城市，尋常巷弄內，川味美食偶現芳蹤。今日因緣具足，不期的邂逅，如同秋光中拾起一枚腳邊落葉般的自然。杵在門口，仔細閱讀店家張貼在門板上的特色菜單，以及接受專訪的新聞報導。牛肉麵、紹子麵、炸醬麵、紅油抄手，都有食客按讚，我獨鍾情那碗擔擔麵。

六十多年前，它隨著一批倉皇的難民，翻山越海湧入這塊陌生美地。起初，它頻繁出現在某個蜀客的懷鄉夢裡，久了，遊子循著模糊的記憶，將紅辣熟油、花椒面、肉末、麻醬、花生、豌豆尖、豆芽菜……等等，所有在當地找得到的食材，調成佐料，淋在剛起鍋的細白麵條，均勻裹上醬汁，快速翻攪，香氣潑辣辣的散發出去，激盪嗅覺與味蕾，撫平鄉愁。

從此，這款Q彈滑潤，散發著花生、芝麻香氣的特殊口感，征服了喜歡濃郁口味的饕客，一經品嚐，無不迷戀它粗獷的辛辣、椒麻勁兒，再也無法移情別戀。

據說清朝年間，四川的小販，擔著它走街串巷的叫賣，閭民走卒聞聲而至，是日常不可或缺的麵食，於是「擔擔麵」的稱號，逐漸在里巷間漫開。如今已經改為店鋪經營，或是宴席點心，但依舊保持原有的特色。

初期調味料極簡單，後來民間經濟慢慢寬裕，才趨於多元。然而，花椒的麻、辣椒的辛、麻醬的香，無論跨越世紀或遠走他鄉異域，都是不變的原味主題，而且越麻辣越過癮，是川味小吃中最具特色的代表。

二〇〇五年我初到成都，媽媽的原鄉，千里迢迢一親芳澤；五年後再度造訪，漫遊古典與時尚兼容並存的「寬窄巷子」，與它精緻重逢；如今的台北南海路，我倆又三度交輝。

愁絲更兼細雨，點點滴滴灑在簷前，再也忍不住，鑽入靜靜坐落在煩囂大都會一隅的麵店，來碗擔擔麵，懷念。

卷三 因為相遇

拂過操場
繞過長廊
一枚春風
烙印在女孩款款地裙襬

幸福魔術杯

最近學會變魔術，聽說的人都搖頭不信，「是不是把塑膠袋變大的那一招？」學生在電話中取笑。

教她那年，期末同樂會被拱出來表演節目。唱歌，我五音不全；跳舞，肢體僵硬。急中生智，變個魔術好了。從講桌抽屜內翻出一個塑膠袋，背對台下，緊緊捏在手中，然後轉身，放在桌上，誇張地喊：「一、二、三，變大！變大！」，手一鬆，塑膠袋在我的念力加持下，迅速如牡丹花般綻放。台下五十位觀眾異口同聲的「喔～拜託！」

「來看嘛，這次絕對價值回票。」我央求，像個討糖吃的孩子。終於她點頭要邀幾個同學一道來，掛電話前故意丟下一句：「我們是來拜訪老師的，至於魔術嘛，嗯，就免了。」氣我！

謝幕之後，她們團團圍住那個小東西，左看右瞧，連連稱奇，想不到平凡的雙手，也可能擁有一支仙女棒，讓生活繽紛起來。

接著兒女們先後回來，我在他們面前得意的獻出拿手絕活，每場演出都華麗完美，無懈可擊。謝幕後，他們把眼睛湊在桌上研究，一個再普通不過的道具，單調的色彩，是怎麼變出如此燦爛的花朵、光澤、字體的？我娓娓道出看似簡單的戲法，其實後面有段溫馨感人的故事。說完，感動和讚嘆，湧現在每一張虔誠和善的臉龐。這堂課學校沒有教，卻是最溫暖人心的教材。

一天，我向媽媽神祕地笑笑，再次拿出那只馬克杯，在她眼前晃呀晃：「妳看喔，外面黑的，裡面白的，而且空空的，沒裝東西對不對？」媽媽很認真的從外看到裡。「現在我去裝熱水，妳坐好不要動，不要動喔！」裝滿，匆匆跑回餐桌，放好。「快看，變了！變了！」黑色一吋吋從杯底迅速往上消失，眼前的這一面，黃花綠葉次第顯影，「月歲歌如」相繼露面。背面的水紋花容、「影荷光波」也依序完整呈現。

媽媽驚奇地問：「這是什麼？」它是會帶來幸福的魔術杯，運用科學方法把書的封面印在上頭，沖了熱水就變出來了。我簡單解釋。「媽，現在跟我念一遍：《波～光～荷～影》，《如～歌～歲～月》，是我寫的兩本書。」「啊！妳會寫書？」這下媽媽更駭然。我摟緊她，努力噙住淚，怕一流下媽媽會嚇得慌。出書的事重複稟告過她，而書，她親手放在枕頭下。

杯子是琹涵的學生——雲和菊送的。未曾謀面，卻玲瓏心肝的姊妹花，帶著溫柔的關懷，將我用生命寫下的人間墨痕，與摯愛的杯子結合，創意十足，人情味更濃。

那天午後，注一杯清茗，摻一些陽光，北窗下和媽媽捧著，妳一口我一口，慢慢啜飲幸福。

一定要平安

如果世間真有所謂奇蹟，我想，跟小饅頭的重逢，絕對可以算是。

小饅頭和琹涵當鄰居已有十多年，是她忠實的讀者，經常從自家和室的窗口越過天井，仰慕作家書房的燈火。琹涵在這一方天地，用文字聯通了萬千讀者的血脈，也在無意中圓了小饅頭的美夢。

那天，小饅頭拎了女兒的喜餅上琹涵家報喜，很自然的聊起文學。琹涵回房間拿自己的著作送她，也順手送一冊我近期出版的新書。據琹涵事後敘述，她從來不曾在未徵得作者同意前，擅自把書給人。剎那心念，只有「天意」可以解釋。

小饅頭千謝萬謝。忽然瞥見封面上的名字，唰一下跳起來，直驚問關於作者的種種和兩人的關係。沒錯，我是她的高中老師，日思夜想了三十多年，倏地在琹涵家蹦出來。

琹涵與我是大學同學，感情甚篤，她家就是我家，每出新書就理所當然的往她家存放，竟堆疊出一段不可思議。

教書的第二年遇到小饅頭，個子不高，圓圓臉，大大眼，下課後老愛跟前跟後，非常討人喜歡。多年後我依然記得。

她把這番奇遇寫成〈思慕您，三十年〉，PO在部落格上，引起不少格友讚歎，替我們師生歡喜。還因此上了YAHOO精選。

敲好會面的日期，為了讓她有心理準備，特地在電話中提醒：「見了面，千萬別被我的皺紋嚇倒。」她安慰我：「老師，學生我也五十多了。」熱線兩端響起一串熟齡女人神祕而微妙的偷笑。

金風送爽，小饅頭帶來了珍、瑜、秋、燕四位同學，闊別三十四年，就算再會保養肌膚、抹染髮色，眼袋身材都洩了底。翻開素淡的同學錄，一波波記憶的浪潮打來，告別純真羞澀後，她呢？她呢？我不斷指著湮黃扉頁上的清湯掛麵，追問以後的故事。

這位前幾年已經到天鄉安居；那個還在婚姻煎熬中輾轉；某某已當了奶奶；誰誰職場上闖出盛名；部分人失聯；少數幾個面孔有些遙遠，彷彿記得，一想，卻又記不清了……。

我們曾經是嬌豔的霹靂花，勇敢探索未來，篩檢一路上的大小渣滓，活出不同的可能，即使走得辛苦，回望，也都釋然。如今花謝果熟，另一番況味慢慢盪開，品味人生，是現在進行式。

歲月將距離拉近，餐廳隱密的角落，姐妹般分享心情，清脆的笑響，無聲的淚水，嵌在心上都是感動。

別離時，西天微微泛橙，街心吹起薄涼，為了下一次重逢，我們相約一定要平安。

我們的青春我們的歌

在學生的同學會中與美安重逢，餐廳內，我們聊起那段並肩作戰，參加詩歌吟唱比賽的往事。「老師，那年妳毫不思索就選〈秋風詞〉做為我的指定曲，是什麼原因？」「這首李白的雜詩非常著名。他透過一位女子，寫秋夜思念良人或者情人的感懷，十分纏綿，曲調也美。因為喜歡，所以介紹給妳。」說完，我問她：「後來這些詩歌有帶給妳什麼影響嗎？」她點點頭：「有！有！」頑皮地笑了一下說：「尤其在戀愛的低潮期，想著裡面哀怨的詞句：『……長相思兮長相憶，短相思兮無窮極。早知如此絆人心，何如當初莫相識。』更能體會相思之苦，而趕快和好，珍惜相守的時光。」

多年前美安高三，學校為推廣詩詞教學而舉辦吟唱比賽，我是她國文老師兼導師，遴選她擔當大任。校方規定得有指定曲，但是得上台前五分鐘抽題才能得知，大致不脫唐詩的範疇。我只好陣前取巧，叮嚀她根據詞意來推敲：「如果是抒情詩，就用鹿港調唱；豪邁蒼勁的可用天籟調或江西調。」「那輕快活潑的呢？」她急急地問。「福建流水調或宜蘭酒令都適合。」看她頗為緊張，我安慰道：「這些我們都沙盤演練過，放輕鬆，沒問題的。」

自選曲我幫她選了〈秋風詞〉，聲倚清末民初的古琴家王賓魯先生（字燕卿）所寫《梅庵琴譜》的古曲。每天午休時間到禮堂反覆練習唱腔、運氣，研討用何種身段、手勢表達意境。美安悟性高，學習認真，很快就心領神會。她歌聲清亮，又丹鳳眼、白皮膚，天生一副古典氣質，果然一上台，立刻壓倒群芳，抱得冠軍歸來。

可惜後來轉戰中部五縣市失利，畢竟人外有人，輸得心服口服。也不是沒有收穫，與各校菁英一番切磋較量，功力大增，眼界漸開，從此啟發了以詩歌寄情的優質品味生活。

後來我調職他校，繼續在任教的班級經營這塊園地。俊朗的男孩，在晚會上連唱帶演蘇軾的〈念奴嬌〉，旋身、踢腿、舞扇，呈現壯闊而陽剛之美。二十把大摺扇，恰到好處的在「大江東去」、「三國周郎赤壁」，尤其是「亂石崩雲」、「驚濤裂岸」等幾個重音節下「唰唰」開闔，裂帛之聲，威震黌宮！

詩歌觸動年輕、柔軟、善感的心靈，在女孩身上更具魅力。她們精心挑選合適的，彙編成一齣浪漫愛情歌劇：

用〈歌仔調〉合唱〈春曉〉，拉開【序曲】；接著把崔顥的〈長干行〉：「……停船暫借問，或恐是同鄉……」用新曲，男女脈脈含情對唱的方式，譜出【初遇】；小情侶難免拌嘴有誤會，男孩上門求情，女孩使性子賭氣，不相見，於是〈黃梅調〉的〈題都城南莊〉：「去年今日此門中，人面桃花相映紅。人面不知何處去，桃花依舊笑春風。」衍生出【情變】，兒女情長，道不盡惆悵相思。……當然最後是《詩經》的〈鹿鳴篇〉歡樂出場。只見一群鶯鶯燕燕揮拋著彩帶，載歌載舞從後台兩邊唱頌著迎賓曲：「呦呦鹿鳴，食野之苹，我有嘉賓，鼓瑟吹笙……」來到幕前，將才子佳人送入【洞房】。

起先我們只在班上陶醉，不料餘韻逐漸傳開，竟然受到活動組青睞，邀請我們粉墨躍登大禮堂，讓全校師生觀賞。

她們換上古裝，一身綽約，當詩歌與青春碰撞，心頭澎湃顫慄。純真的少女，宛囀的鶯啼，款款歌詠著情詩，心靈在悠揚與優雅中緩緩釋放。那些年我們吟唱詩歌，成為共同的記憶。

我生命中最精彩的部分來自學生，他們帶給我快樂，擊退憂傷。離開教書生涯那麼多年，依然覺得，幸福就是和學生並肩坐在一起唱歌。

錯誤

我幾乎記得她們班每個人的名字，就是想不起她的。同學會上，問過班長秀蓉，沒多久，還是茫然。我似乎有意遺忘，遺忘當年的錯誤。

很久以前，中學生規定不能談戀愛；放學後不可去冰果室聊天；訓導處還能召集導師，利用星期一，學生在禮堂開週會的時間，到自己班上檢查他們的書包、抽屜，要是發現情書、課外書籍、小刀、木棒等違禁物，就得通知家長，記過處分。一次例行檢查中，我竟然在她書包中，摸出一盒已經服用過的避孕藥，真是空前的震撼與緊張。

我「正直」而且「忠誠」的向訓導處報告。口述時，旁邊正好站著幾位導師，沒等我講完，彷彿搶到頭條新聞似的，立刻回班上「舉例」告誡。剎時，「某班某某交男朋友、吃避孕藥」，甚至渲染為「某某某和男友同居」等謠言，如強烈海嘯，鋪天蓋地而來，還有學生到我班上指指點點，想窺探她的廬山真面目。我幾度找機會跟她詳談，她總是閃避話題，成熟得超過她的年齡。一個月後她休學了，不知飄向何方。

我自責多年：當時年輕、怕事、沒有擔當、欠缺智慧、未善盡保護學生的責任。如果平常多留意她的感情生活；如果不那麼率直的往上報，而是先私下找她來關懷開導，或許她不致離校。然而，再多的懊悔，也無法挽回她的命運。

再與這班學生重逢敘舊時，中間隔著漫漫地時光長河。聊著聊著，我又忍不住嘆息那個迷路的孩子。秀蓉安慰我：「老師，或許您不知道，其實她是發現自己懷孕了，而不得不辦休學的。」

我沒有因此而釋懷。要是我運用課堂，開明的和她們討論兩性如何交往，如何避孕，或許可以避免不幸發生。可是那樣的年代，那個膚淺羞怯的我，要怎麼啟齒呢？

算算那個學生，現在也應該五十出頭，不知是否有情人終成眷屬？有幾個子女？還記掛這件事嗎？能諒解我嗎？往後的日子走得可平穩？

歷經這次事件後，我花了更多心力來關注學生在校外的交友狀況，也和家長多連繫，運用不寫作文的兩堂課，成立「掏心時間」，和她們做朋友，讓她們提出困惑，或由我拈出題目，透過團體討論，激盪出最可行的辦法，給當事人參考。

她以肉身換來覺醒，讓我學到傾聽與關懷，慶幸往後的教學生涯，一路走來還算平坦，沒再鑄成大錯。

後來的你好嗎？

這些年經常撿回學生，餐廳、商店、網路、喪禮，或維修電腦時、或訪春的芳華小徑……。而你，二十多年過去，與眾不同的特質，曾經深印腦海，卻千迴不遇。

你高二，跟一般風馳電掣的男孩很不一樣。那天第四節課，檢討完考卷，還差三兩分鐘下課，我要你們再查查看有沒有問題。一個臨窗的孩子，有意似無意的往樓下張望，像發現寶物似的，扭頭向教室內低吼一聲「來了！」，本來就蠢蠢欲動的大男孩，咻地趴了七八個到窗邊。「正喔！正喔！」狡黠狂笑，瞬間燎遍全班。我好奇，循著眼光往下瞄，一個送便當的歐巴桑，頂著冒煙的火球，正騎車經過圍牆，彎入校區。

不論年齡、美醜，是個異性，男校的少年們就極盡誇張，鼓動血脈，狂飆曖昧的情欲。青春果然是天地間最澎湃的姿影。

我注意到你，理個光頭，近乎樸拙，危坐第一排正對講桌的位子，恆常的角落。平和無邪，面目凡常，不掀一絲漣漪。

聽過你的故事。周末下午想約人去球場，單車前放顆籃球，到達同學家門口，不按鈴也不叫喚，門前繞三圈：「有緣他會出來，無緣自個兒打也不錯。」

當各社團忙著與女中聯誼；男生刻意突顯校名，騎著單車，遙遙尾隨心儀的白衣黑裙；你已經拉開獨行的履痕。他們多的是在作文簿裡不知所云，或高談抱負，就你語帶禪機，字字佛香。

「和尚」之名不脛而走，沒見你申辯什麼。

生活面貌看似一泓清澈，文字間偶有強烈的宗派質疑，及超齡的人性觀照。為了讀你，我抱著買回來的佛書生吞活剝，企圖以粗淺的見識與你一同尋找生命起落，心虛的答辯禪宗公案。

作文簿發回，講台上下會心頷首，大有佛陀拈花，迦葉尊者微笑的意境。

後來我調職台中，你升上高三，半年後寄來一本，在彰化找了兩家書局才買到的《拯救佛陀》，宋澤萊著。拼大學的當下，仍然沒忘情苦集滅道。

那些年我腳步匆忙，竟不曾關懷人際關係困惑過你嗎？理想與現實迷茫過你嗎？獨行歲月孤單過你嗎？我們交會的時光只有一年，然後舉步，不曾相逢。

時光漫過柔美的黃昏，我站在北窗，下眺市街暮景，想你。後來的你，是隨俗入化染了塵緣？還是堅持腳步踏向佛門？是昂揚鬥志屢仆屢起？還是根本要的是一簞食一瓢飲的無悔？誰能告訴我後來的你好嗎？

睡仙

書賢是個身材高大壯碩，又愛玩鬧的男孩，在這所極重視升學的高中，大部分高二生已經進入備戰狀態，開始拼升學了，他還在狀況外，上課不是捉弄同學，就是蒙頭大睡，任憑師長勸阻責備，依舊我行我素。

有一天我的課，班長喊起立，他歪著脖子，搖搖晃晃站起來；喊坐下，也茫茫然跟著坐下。別人迅速把課本放在桌上，他還在夢遊。我催促他，他勉強張開眼睛「喔」一聲，把手伸進抽屜，狀似拿書，就一直保持這個姿勢，不見動靜。走近一看，老天，他又睡著了！

第二天仍有國文課，老遠就看見他在教室前的走廊來回跑步，看見我立刻大叫：「老師，我在運動提神，這節課絕不會睡著！」

結果是，不到五分鐘，還是找周公下棋去了。

十六年後，我在烏日站等高鐵北上，一位打著領帶，帶著眼鏡的斯文帥哥來到面前，稱我老師，原來是書賢。如今他已是知名保險公司的業務副理，正要到台北拜訪客戶。帶著歉意，他承認年少時太怠惰，以致蹉跎了大好時光，當完兵，四處求職碰壁，方才痛下決心苦讀，再戰聯考。

「當年不能體會老師的教誨，叛逆心重，聯考壓力又大，睡覺是逃避現實最好的選擇。」我諒解地點點頭，慶幸他及時省悟「書到用時方恨少」，而重拾書本，增進專業知識。

火車遠遠駛近，停妥，我們笑著登上各自的車廂。

夾在一群陽光疏狂的大男孩中，錦輝是較沉默的一個。對讀書沒興趣，是極少數把高中唸成五專的學生，當初不知怎麼考上這所知名學校的。

他住校，晚點名熄燈後，拿起手電筒窩在床上，漫畫書一本接一本看。不久又染上打麻將的惡習，經常晚上翻牆出去，和不肖人士廝混，白天當然精神不濟。記過、留級嚇阻不了他，校方和家長都痛心疾首，卻又不忍心放棄，希望他只是一時貪玩，總有一天回頭。

那天上課，他睡得口涎沿著手臂滴到桌上，叫他不醒，我一時興起，伸手去拔他臂上的汗毛，全班哄堂大笑。他突然驚醒，看見是我，不好意思地抹抹嘴，勉強坐直身子。

事後，同事都認為我太冒險：「青少年血氣方剛，萬一惹毛了他，給妳一拳，或是舉起椅子砸妳怎麼辦！」確實在電視新聞上看過這類校園事件，仔細想想，自己真的太莽撞，好在錦輝本性溫和，我和他們班平日相處也融洽，才逃過這可能的一劫。

許多年過去，在學生的結婚喜宴上遇見錦輝。他胖了些，神情倒是清爽，拿了杯茶水在我身旁坐下。

大學當然考不上，只好回南投，接手父親在市場賣豬肉的行業。如今已是兩個孩子的爸爸。

「還打麻將嗎？」我小聲問他。

「不！不！不！」像碰到毒蛇猛獸般，他幾乎跳起來。

「我現在有老婆孩子，不能像從前那樣荒唐。」他認真地說：「知道時光不可能倒流，目前只想多賺點錢，安頓家人，教育好下一代。」

看來少年時代的習性，沒有影響他的未來，一度迷航，終能找到方向，靠岸。

我舉杯向他：「為你慶賀。乾杯！」

雖說大學校園能變化我們的氣質，浸淫涵養，定可凝煉出真知灼見。然而社會處處是學問，只要肯學習，正直做人，依然能撐開半邊天。我這兩個睡仙學生，歷經歲月淘洗後，以不同的方式甦醒，願他們今後的履痕，不再有悔恨。

今生緣會

這份緣，是四個乾兒子念高二十六班的時候結下的。大男孩中的老么，上課不喧嘩，認真守規，當過我的國文小老師。但是在我家打電動遊戲，瘋起來叫得最囂張、最愛和老大抬槓的卻是他。

老大機靈，說話有份量，後來證實，果真頗有「老大」的氣魄。是他帶頭喊我乾媽的。下課鈴聲剛響完，敬過禮，就搶著出教室，說聲：「乾媽，我去看您媳婦兒。」然後一溜煙不見了。當時他有個學妹女朋友。

教他們那兩年，我體力很差，上完課就得到醫務室躺著。下節課到三班，女生班，她們安靜得出奇，不時投來關愛的眼神，國文小老師在講台備了椅子，讓我可以坐著講課。原來是當班長的老三早來叮嚀過。他踏實不多話，卻默默在需要的時刻扶我一把。

有天下課，我從教室慢慢走回辦公室，隱約聽到後面傳來節奏整齊的腳步聲，原來四個壯丁，正緊隨在身後，以防不測。從此他們以「四大護法」自居，每堂上下課都來「護駕」。

畢業後，四個人考上不同的大學，見面機會少了，不過每年寒暑假，定會找個共同時間來我家聚餐。

就從那段時間開始，我的身分不再是老師，而是乾媽。反正畢業後不考核國文成績，在他們眼中我早就沒有老師的尊嚴，把我當老媽般撒嬌耍賴，吵得沒辦法，我只好將「錯」就「錯」，去百貨公司買了四個男戒，正式收他們為兒子。半真半假的叮囑，以後就以此為信物，不能掉了，每次聚會都要戴著來，乾媽可是認戒不認人的。

一轉眼，乾兒子們大學畢業，入伍前，老大召集三個弟兄，在我家耳提面命：「以後軍中再忙，再沒有時間，至少也要每個月打一通電話給乾媽報平安，問候乾媽起居。」聽得我淚水直打轉。

眾家兄弟在軍中被操得最苦那年，老二因為延畢，閒得慌，於是他今天以老大之名打電話來問候，明天又說代替老三、老么來請安，弄得我又好氣又好笑，常罵他擾亂我，其實窩心得很。他原本活潑愛鬧的個性，這些年漸趨沉穩內斂，不知是成熟了，還是多了心事？

服役期間，我們母子五人的約會，就訂在過年後，收假前的某一天。

踏入社會，有了薪水，他們依序輪流作東，請我在外面吃飯，然後再回到家裡，拿起遙控器玩電動廝殺，一面唇槍舌戰，什麼話題都能引爆世界大戰。飲料喝完、水果告罄，又留下來吃水餃大餐，在屋頂還沒掀破前和我擁別，塞進電梯，留下圓滿的回憶。

四個高矮胖瘦各異的兒子先後成婚，我各送一兩重的元寶乙個，媳婦戒指一枚，他們則合贈一條精美的項鍊給我作紀念。

老大髮性柔順服貼；老二老么的如鋼絲矗立；老三長髮飄飄，從後面看曾經被誤認是女孩。各個型男，想不到在家全是好丈夫、好奶爸。

看著他們立業、成家、生子，家族成員截至目前為止，已增至十六人，聚餐的場地又回到初始的地方——我家。每個相聚，大人閒話兒女經，眼睛盯著小小身影，看七個蘿蔔頭，從這間房追逐到另間房，嬉鬧聲響徹屋宇，不亞他們老爸當年。第三代的情誼儼然成形。

如今「四大護法」的責任，已由乾媽轉移到嬌妻稚子身上，我兒孫成群，只要坐著納福就好。回來的前後幾天，我都是笑咪咪入夢，喜滋滋醒轉的。

血緣相親的人未必心性相依，我和這幾個乾兒子反而能以「無緣大慈」的善念相應，不管幾輩子前的身世，只知道長了翅膀的愛，讓我們今生今世彼此擁有。

歲月光影匆匆走過，雖說晚景多病，倒不替自己擔心，老年自有老年的風景，我慢慢欣賞。牽掛的是起伏人生多變化，兒孫們一路是否平順安好？

附錄：因為相遇

時間的記憶——老大葉志遠　綽號大大

時間飛快的轉過，從懵懂無知，經歷年少憧憬，來到而立之年；從孤家寡人，經歷婚姻生活，來到養兒育女，二十年的情誼從未改變。或許每半年的相聚，讓來自不同生活背景的我們凝聚力量，變成最好的兄弟，也從最初的四加一小組，變成如今的攜家帶眷，三代同堂。

依稀記得高中時，剛從鄉下來到台中這個大都會，形形色色的吸引力，讓我忘記最基本的責任——我們四人求學的第一個挫折，老婆口中的「留級四人組」。也因為如此，大家同病相憐，加深了情義，奠下日後情感的基礎。

高中畢業後，我們進入不同的大學，分散各地，在乾媽的加持下，開始有了每年兩次的寒暑聚會，分享求學過程中的甘苦，更一同回憶當初的沉淪。聚餐後一起打電動，大聲喧鬧，在乾媽家的屋頂還沒被拆散前，相約半年後珍重再見。而今大家有了妻小，玩電動變成了遙不可及的夢想。

大學畢業與生日，是我們最喜歡慶祝的節日，恰巧老二的生日與畢業相近，因此在那次聚會中，當然要被拋下水抓錦鯉慶賀，嚇得當時「耕讀園」的店長，以為有人落水，更引來其他人詫異的目光。回味往事，真個輕狂！

時間流轉，我們相繼入伍，靠著久久的一通電話維繫情誼，此時乾媽精神領袖的地位功不可沒，會將知道的訊息告訴大家，並擇定過年休假的某一天，在她家聚餐，讓彼此的關懷未曾中斷。

退伍後投入職場，有了收入，訂下輪流作東，每年兩次固定聚會的規則，或許因為如此，讓我們更加緊密的聯繫在一起。

繼我和老三之後，老二、老么也尋覓到了另一半，兩年內四人都踏上了紅毯的另一端，讓乾媽放下了心中的大石。乾媽曾為了鼓勵我們早日成婚，訂下規矩說，凡結婚，兒子送一兩重元寶一個，媳婦戒指一枚；比老大晚結婚的，每年元寶遞減一錢。害當時的老么以為領不到元寶，還要倒貼。

猶記得我結婚前，兄弟們一直問能幫什麼忙？那種窩心的感覺，至今都無法忘懷。那天是禮拜三，卻沒有人缺席。老三剛下了夜班，遠從新竹趕來鹿谷；老么更請

「病假」參加。竟不知參加婚禮是可以治病的!?那時的感動真是無法用言語來形容，只能說：「你們的婚禮會以鬧洞房來回報！」這句話是那三個當時的惡夢。

如今的聚會已經攜家帶眷，話題變成了一篇篇的育兒經，目光也從電動轉移到小寶貝們身上，看著他們牙牙學語，蹣跚學步，大家臉上掛著笑容，心中擁有了滿滿的幸福，或許這就是乾媽說的「圓滿的幸福」。

二十年只是生命旅程中的一個小段落，未來我們還有更多的日子彼此陪伴，雖然每次聚會、聯繫，都在言語攻防中度過，但都能感受到對方的關心。人生如果有什麼朋友是一輩子的，無庸置疑，就是你們。接受了我不成熟的脾氣、愛鬧愛吵的個性，陪我度過歡樂與憂傷，沒有你們，人生將會缺少最精華的片段，相信我們是永遠的兄弟，因為你們，我多了一個可以遮風避雨的家。

老師乾媽——老二鄭淵仁　綽號土豆

十年修得同船渡，百年修得共枕眠。我一定修了千年，才能跟乾媽結下這份緣。從高二到現在，雖然成家立業，但是緣分一直延續不斷，感情也更加深厚濃醇。老師升級乾媽，現在更升級乾奶奶，可是名符其實的兒女成群，子孫滿堂。

當初怎麼會黏著乾媽，至今仍是無解的懸案，也許是施展魔法，用一股無形的力量在勾引我：「來吧！這裡有好吃好喝的，來吧！電玩撲克牌都有，快來吧！」就這樣不知不覺常常往那跑，有事沒事就去坐坐，像把老師家當祕密基地一樣，吃喝玩樂都在那。

去乾媽家不是談道裡學問，更不是聊理想抱負，而是不客氣的玩牌、打屁鬥嘴、看電視打電動，混上一整天都不想回家。乾媽家書香茶香之外，有個專屬的祕密角落，裡面藏著許多遊戲。乾媽也貼心幫咖啡杯貼上我們的名字，成為我們的專屬杯盤。泡茶準備點心，陪大家聊天瞎鬧，過著輕鬆開心的一天。

是老師，教授兩年高中國文，可惜不成才的我，國文成績都不盡理想，真是丟臉丟到家。

是朋友，陪我聊天談心事，尤其大學生有許多煩惱，愛情功課兩頭燒時，常常提供寶貴意見，讓我能勇敢闖關，越挫越勇，不怕失敗。

更是媽媽，傷心難過時、哭著找媽媽時，總是不厭其煩的安慰鼓勵我，在無助徬徨時，總是伸出一雙溫暖的手拉拔著我。

「世上只有媽媽好，有乾媽的孩子像個寶，投進乾媽的懷裡，幸福享不了。」乾媽我愛妳，我是妳驕傲的寶。

生命中的３＋1——老三魏乾峰　綽號前鋒

高二那年夏天，人生遇到了一些挫折，不過在那時候也讓我遇到了生命中重要的那群人，他們和我有著同樣的遭遇，成為升學制度下的犧牲者，所以彼此更加惺惺相惜。除此之外，還有一個將我們生命緊緊繫在一起的人，那個人就是我們當時的國文老師，也是我們現在的乾媽。

我們兄弟四人，來自不同的家庭背景，有著不同的個性，我排行老三，雖沒有桃園三結義般互相承諾著「不能同年同月同日生，但願同年同月同日死」，但相互關懷，有好康道相報，有難相挺之心，絕不會少。

老大個性活潑外向，常給大家一些不錯的建議，雖然彼此間偶而會鬥鬥嘴，但他不失為一個做大哥的樣子。不過對於自己的內在感情，卻從來不願透露，總是到了最後一刻，大家逼問才知道。

老二的個性中庸內斂，畢業後和我在生活上有著共同的理想，雖然現實不如預期，但不管結果如何，都曾經一起努力過。說一個公開的祕密，他是個廚藝不錯的好男人喔！

老四雖然是我們裡面塊頭最大的，但個性也像在家裡排行老么一般，叫人擔憂。我們幾個兄弟最為他的感情憂心，不過船到橋頭自然直，隨著年齡的增加，他也跟著成長不少，現在已經擔當起一家之長的責任了。

乾媽是我們念高中時候的國文老師，也讓我們能感受到親情溫暖。她非常有氣質，可以想像年輕時，一定像文藝小說裡的女主角，披著一頭長髮，抱著書，給人一種飄逸的感覺。

不管未來如何變化，相信我們之間的情感一定能到終老。祝福乾媽和我的兄弟們，都能平安健康的度過這一生。

乾兒子的胡言亂語——老么黃璞瑄　綽號戰車

我永遠都忘不了第一次見到乾媽的那天……

很抱歉，這句話，是，假的。

當年葉老大、土豆、乾峰和我，四人志趣相投，一見如故；我們約定好要一起考上台大……

再次抱歉，這句話，唬爛，非常，非常，大。

事實是，乾媽原本是我們班的國文老師，我們四個原本在班上也不是交情最好的幾個；不知道事情是怎麼發生的，等我回過神來，老師已經成了乾媽，我們這四人小組也已經成形。大約是在高三的時候吧！那時跟乾媽熟歸熟，倒還算守規矩；除了畢業典禮那天，我跟土豆兩個無聊份子，不知道中飯吃啥，跑去乾媽家裡蹭飯。

上了大學之後，和其他老師都漸漸沒有連絡，除了乾媽；有時候四個人約好了，就找乾媽一起出去走走；有時候是四個人約了出去玩，晚上再拎了白天買的伴手去乾媽家續攤；最多的是電動撲克牌帶一帶，直接在乾媽家窩一整天；後來乾脆電動撲克放在乾媽家，我們空手到就好；還常常要勞煩她老人家準備餐點飲料。「全家就是你家」這句廣告詞，被我們改成「乾媽家就是我家」倒也適用，端的是囂張無比。

乾媽不愧我們喊這聲乾媽，她非常關心我們四個，就如同她的親生兒子一般——擔心我們的課業、擔心我們的安全、擔心我們的感情世界、擔心我們的未來。

退伍後，我有段時間沒找到工作，恰好那時乾媽整理了一些以前的文章，打算集結成冊，因為憐惜我這笨兒子吧，乾媽把稿件交給我輸入電腦，論字計酬，我因此得到一份臨時工，也因此窺得乾媽的過去。雖然隱約知道乾媽有些不愉快的往事，但直到幫她整理稿件的時候，我這不肖乾兒子才發現，原來我所了解的只是冰山一角！難為她老人家緊緊的隱藏住自己心中的悲痛，在我們面前展現的永遠如溫暖的春陽。

真是何其有幸哪！在這茫茫人海中，我能夠遇到這位待我如同己出的長輩，我的，老師乾媽。

情字這條路

記得那年立委選舉，我到附近的學校投票，校園中巧遇過去教過的學生。原來她在這所學校任教，教的是頗需要耐心和愛心的特教班。

她上大學時，我已經退休搬到高雄去住，彼此常有信件往來，談生活、分享學習心得。女孩文采斐然，高中時代就讓我驚豔，一手娟秀筆跡，更是賞心悅目。幾年後我再度遷回台中，竟和她失聯，十分惋惜。沒想到無意中又重逢，開啟了我倆每年寒暑假的一期一會。

許多學生跟我熟稔後，經常沒大沒小的開玩笑，只要不過份，我也不以為忤。時代不同了，聽同事說，有些學生對老師，用直呼名諱來表示親切。這個學生不一樣，對我恭敬有加，言必稱「老師，您……」，謹守弟子之禮不逾矩。

女孩在彰師大修特教和國文兩個系，課餘兼家教、學有氧舞蹈；執教鞭後，為了興趣而學做西點麵包，考有丙種執照。冬天的晚上，當她送來剛出爐，外酥內軟，香味四溢的糕點時，我感動得擁抱著她，說不出話來。

她學業、工作兩相順利，而且出生於有良好教養的家庭，情字這條路卻走得極為艱辛，深陷情淵，糾結多年。

相戀的男友，因為某些因素，一直不能獲得女方父母的諒解，她曾經被禁足、責打，身上有多處傷痕，然而，從不軟弱。她的愛，真切又強烈，為守護這塊情感版圖，她做了一生中唯一的叛逆。

她的父母以豐厚的人生體驗提醒她，別只顧著享受眼前的旖旎風情，而看不見現實生活的風霜雨雪。方式也許激烈了些，但出發點是善意的，來自經驗累積的價值觀，並非全然主觀，值得多加參考。我由衷希望我親愛的學生善體親心，和父母做進一步溝通，親子間或許還有轉圜的餘地。

愛情是一種私密的感覺，豈容旁人置喙？我不知該勸女孩放下這段感情，嘗試其他選擇；或是勸她勇往直前，爭取戀愛自主，開啟那扇沉甸甸的大門。悲歡憂喜，總要親自走過才是人生。

相信那個男孩，必也捨不得女朋友在煎熬中輾轉，而奮發向上，爭取學歷、事業更上層樓，拉近差距，早日為父母接納，化成見為祝福。雲開見月那天，這杯喜酒我就喝定了。

懷舊如風

自高中畢業後就鮮少與李媽媽見面，最近她聽說媽媽行動不便，毫不遲疑的急著來我家探望。

李伯伯在學校是執法如山的訓導主任，回到家管教孩子也相當嚴格，李媽媽卻是個溫和，有求必應的嫻淑女子。

李家有兩男三女，階梯似的序列，忙翻了李媽媽，經常夜深人靜，還守在神社唯一的水龍頭下洗衣裳，如此辛苦，圓臉上還是一團和氣。有人生產，半夜裡她摸黑去請助產士；從市場回來，腳踏車前後載滿了鄰居媽媽託買的菜蔬；哪家有人生病，她搜盡家中僅有的餘錢送上門救急，真正落實基督徒的大愛美德。

當年雞犬相聞的神社生活，就是一個大家庭的縮影：有位媽媽不敢殺雞，隔壁王媽媽二話不說接過來，手起刀落，老母雞就萎頓倒地抽搐；某家的媽媽生病，朱媽媽立刻煮了熱騰騰的飯菜從竹籬笆上遞過去；夫妻吵架、孩子們撒野，左鄰右舍，三姑六婆全出動，勸的勸，訓斥的訓斥，各種笑淚悲歡的故事，全在這小小場域上演。

這天，白髮如絲的李媽媽，由熱心健談的美麗姊陪著一同上我們家，我早把媽媽從護理之家接回來，準備好水果甜點招待。數十年不見，彼此容貌都有了歲月的痕跡，然而，她們母女和我們母女的健康情況，卻有明顯的差距。

小時候和美麗姊一同上下學，搶著看中央日報上連載的武俠小說《玉釵盟》、國語日報的漫畫《小亨利》，如今我們已經是「婆」字輩的人了。

也聊神社裡幾棵殘留的鳳凰木，依然季節一到，就噴出團團火紅，各家子弟也隨著鳳凰木的

李伯伯、李媽媽全家福。相片中的大女兒如今早當了外婆。

細葉各自飄散。每個家庭都有莫可奈何的際遇，有英年早逝的；有父母百般呵護卻浪子不回頭的；有當年被打得最慘，到頭來仍守在父母身邊不離不棄的。生命怎麼燃燒，誰能預見？

五個子女不是每個都順心，李媽媽寬厚，只要他們過得好就好，沒別的要求，「凡事往遠處想，不跟自己過不去。」開朗得很。目睹媽媽的老病樣態，李媽媽叮嚀我，將來不要替她插管，讓她平靜的離開。我低下頭，模糊了雙眼。

曾經，神社的長輩站在課堂上或坐在樹下講歷史，如今他們逐漸成為歷史的一部份。懷舊如風，何曾止歇？

送李媽媽她們到樓下等車，夕陽情調裡，含著一點感傷，幾許祝福。

一抹藍色的身影

畢業三十八年後，綠葉轉紅的季節，我們舉辦第一屆高中同學會。青春作伴，老來才相見，許多歡喜的、憂傷的別後故事，從資深美女口耳間頻頻傳誦。突然，專程自美國趕回來的好友提高分貝，興奮地說：「猜猜看，在洛杉磯我遇到了誰？」美國那麼大，人口何其多，從何猜起？謎底還是由她自己揭曉：「匡老師！」

我們初中的數學老師。八十多歲，住在養老院，還能健康的出席北斗中學旅美校友會，怎不令大夥歡聲驚叫。

中學時候，在學校我恭敬的尊稱她「老師」，回到家，稱呼變為「匡阿姨」。她是爸爸的同事，也是我們的鄰居。

阿姨住在神社主殿的右後方，屋高庭院深，是日據時代神社建築的一部分，和我們住的增建的小房子不一樣。院落外有幾棵鳳凰，暑假，梢頭綻出一團火紅，胭脂滿天，燒得狂野。片片雲彩掃過天空的午後，我們這些孩子，最愛聚在濃蔭下嬉鬧。男孩用寬闊的豆莢當大刀耍，女孩用落花編蝴蝶，做頭飾花環；另有一群在掀尪仔標、彈彈珠。

匡家大哥哥年紀較長，斯文白皙，有時候也出來，用鳳凰木細碎油綠的枝葉，教我們玩遊戲。遠處幾個媽媽，坐在小竹椅上搖扇談天。神社生活充滿了瑣碎和甜蜜。

阿姨總是來去匆匆，也難怪，教課改試卷之外，還要料理三餐做家事，沒有洗衣機、冰箱、電鍋、瓦斯，全教師宿舍二十幾戶人家，共用一條涓涓細流的自來水的年代，阿姨上侍母親，下育三個階梯似的孩子，先生又在外地工作，日子怎麼熬過來的？不敢想。

阿姨在課堂上目光敏銳，教學嚴謹，私底下客氣而溫和。鄰居媽媽送過去一碟小菜，她一定買個禮

匡阿姨夫婦和匡理、匡德及其他家人。

物回贈，絕對的禮尚往來。

那時候，鄰居媽媽都時興穿洋裝，個子嬌小，燙著些微波浪短髮的阿姨，終年還是一襲藍色旗袍，立領、盤扣、略收腰，下擺長及小腿，兩邊開衩，裹上一層二三十年代的風華，生動地展現典雅韻味。腳下一雙白襪黑平底鞋，好個藺燕梅，活脫脫從《未央歌》裡走出來。

我在鳳凰花紅了又謝，謝了又紅中，告別童年和青春，跨入另一個迷炫時空，等再回到北斗，長輩們有的退休，有的轉任他校，有的搬遷外地，我忙著在亂絲般的人生道路上峰迴拋錨，揮汗抹淚，阿姨

一抹藍色身影和媳婦、孫子攝於北斗國小。

什麼時候離開神社到了美國？匡家大哥、二哥、小妹都去了哪裡？一閃神，舊時人物，全都不見了。

知道阿姨在洛杉磯，已是三年前的事，後來再問同學，也不知道近況。年近九十的阿姨，如今會是什麼模樣？應猶是一抹深藍，雍容似海。

為老師朗讀

焦老師住在神社前排的房子，我家住後排，每天上下學都要經過他家門口。小時候害羞，老遠看見外貌壯碩的他就想躲開，沒想到上了高中，被老師教了兩年地理，逃也逃不掉。

每堂課，老師輕鬆幾筆，黑板上就勾勒出今天課程內容的地圖，各省的鐵公路、名山大澤、氣象、物產，深印在他腦海，不用看書，講到哪裡就畫到哪裡，分毫不差。從此喜歡上地理課，也體悟到老師嚴肅外表下的善良親切，聯考因此考了九十分。

大學畢業，能回到小鎮教高中，就是老師推薦的。當時他兼任訓育組長，同校任教的三民主義老師李懷福、英文老師楊惠璧、國文老師劉樹籃、護理老師陳春棗，都是昔日師長。我每日惶恐惴慄，唯恐稍有差池，辱沒了師長們的教誨，並且叮嚀學生要特別尊敬「老師的老師」。三代同堂，多麼難得！

幾年後我一場婚變，背地裡抹淚，人前強顏歡笑，自以為掩飾得巧妙，在看著我長大的焦老師眼底，卻是無比心疼。好幾次把我叫到他跟前，慈祥地勉勵我，又將校內外一些活動交待下來，希望大量的工作能讓我忘記憂傷。我用感激且堅定的眼神，迎向老師深切的期許。

老師有糖尿病，控制得不理想，導致後來雙眼失明，退休。因緣際會下，我們先後遷居台中。

偶而去拜見老師，或電話請安，共同回憶神社的蛙鳴、甘蔗田的窸窣；欷歔哪些哪些鄰居過去了。老師記性特別好，電話號碼、相隔二三十年不曾見面的學生名字，都記得精準無誤。師母在一旁貼心地遞茶水，小小屋宇就是天堂。

就在去年，老師扶著助行器，帶著微微笑意說：「昨天還想起妳爸爸講話的樣子和聲音。」我湊到老師耳朵旁，撒嬌地問：「我爸爸以前都跟您說些什麼話？告訴我，我要聽。」老師緊閉著雙眼，沉緬在夢境般的回憶裡。

沒有電梯的三樓，窗外不到十坪大的露台，就是他日常活動的空間。二十多年不見天日的幽谷，怎麼度過的？撫摸他溫暖的大手，胡亂安慰道：「這個亂世，不看也罷！」痛楚迂迴在心。

一年後，老師病情轉劇，搬離台中，到彰化秀傳醫院附近，租了幢電梯大樓，方便就醫。女兒住樓下，可以隨時探視；兒子也常回來推老師上醫院或曬太陽。

今年春天，我專程去拜訪，老師只能臥床，連翻身都掙扎。紫外線照著他右腳，已經發黑的腳趾。握著他的手，讓他知道我就在身旁。左耳全聾，我俯身在右邊，把帶來的《最美的一季春》，翻到〈種一園花果〉這篇，大聲朗讀，裡面有老師熟悉的人物和場景。老人的眼一直閉著，薄薄地上唇，包覆著萎縮的牙齦，淺淺呼吸，不知是否睡著。窗外燦然，窗內清寂入骨。替老師拭去眼角的淚水，我輕輕轉身，走往客廳。

師母溫婉的，以唯恐失去的心情，侍候老師任何需求，沒有抱怨，開朗的說：「一切都是天主的恩典。」說時，周身散發出一種罕見的光暈。師母臉上、身上沒有刻

六〇年代末期，台灣經濟開始起飛，焦老師一家和樂融融的居家生活。

意妝扮，卻隨著歲月越來越美，美得自然，美得令人打內心深處敬愛。

我瞥見牆上供奉著焦家歷代祖先的牌位。

到台灣那年，老師才二十出頭，解嚴後，許多當年飄洋過海的子弟，揹著電器產品，攜著黃橙橙的金飾奔回故里，而老師的眼睛已經壞了，台灣到河北，一趟飛機的旅程，邁不出回轉的那一步。

小時候，父母在的地方就是家；年紀大了，老伴在的地方就是家。動盪亂世孕育出來的北方漢子，感情深重而執著，帶著一生一世的心情在此安身立命，鄉關，只在夢裡追尋。

神社正門的石硅和神燈，是漢傑幼時很深的記憶，當然還包括那雙時髦的靴子。

兩個多月後我如約再往，老師的右腳自大腿以下已全部切除，感染稍稍遏止後，血壓、血糖、白血球都正常，老師再度燃起旺盛的生命力，神色清爽，講話有力，我終於破涕為笑，為他朗讀的聲音特別輕快。我跟老師打勾勾，新書會收錄這篇〈為老師朗讀〉，出版後就飛快送來給老師，再為他選讀其他各篇。

半個月後，老師的左腳趾竟也化膿。我跪在窗前向蒼天祈求，恩師，要好好地等我的書出版，我們打過勾勾的！

老師牽著兒子正走過風華，見證背後老去、消逝的神社正殿。

喜相逢

美麗姊來電話告訴我，小李媽媽從紐西蘭回來了，正在她家聊天。放下聽筒，立刻坐車趕到她家。

很久以前，我們都住在北斗中學的教師宿舍，當時有兩位李媽媽，為了區分，我們稱美麗姊的媽媽為「李媽媽」，年輕的當然叫「小李媽媽」。

小李媽媽是教英文的李叔叔的太太，生得嬌美，很有巧思，在小學教書。當時大家住的房子都只有一房一廳，窗戶也小，她就有辦法把家裡佈置得雅緻潔淨，比別人家顯得寬敞明亮。

寒暑假，他們一家四口，背著單眼相機到處旅遊，是我們這群神社小孩，想都不敢想的奢求。五〇年代，街上沒有早餐店，麵包店也少得可憐，小李媽媽早上要趕著上課，又要照顧小孩，哪有時間煮稀飯？聰明的她，晚上把米洗好塞進熱水瓶，再注入滾燙的水，蓋緊蓋子，第二天就有溫熱的稀飯吃了。

一九六八年實施九年國民教育，北斗中學原址改成北斗國中，我們住的日本神社改建的宿舍，興建為北斗高中。政府另外建了新宿舍，落成後，我們和鄰居一起搬進「文苑新村」。李叔叔在鎮上買了大房子，不住宿舍，不過，經常回來跟老鄰居話家常。

歲月在風雨狂沙中轟烈走過，老一輩逐漸凋零，鳳凰花下的少年子弟，飄蕩江湖，我也連根拔起，移植台中，開啟人生另一趟逆旅。聽說李叔叔夫妻退休後走遍天涯，最後選擇紐西蘭定居，只偶而回台灣探探親。

某年，我帶媽媽回北斗轉轉，順便到中華路有名的肉乾店買特產，準備送朋友，在店中巧遇他們。李叔叔依舊挺拔，一臉絡腮鬍，更散發出男人的魅力；小李媽媽卻重聽，骨質疏

竹籬笆外的童年。

神社的金童玉女——李叔叔和李媽媽。

鬆，李叔叔緊緊跟在身旁，關愛的眼神，見證一世鍾情。過了兩三年，卻傳來李叔叔因大腸癌過世的消息，令人不敢置信。

如今又能跟小李媽媽重逢，我們擁在一起好久好久，捨不得鬆手。她戴了助聽器，如往昔般的健談風趣，隨身攜帶著和李叔叔到世界各地旅遊的照片，一幕幕風景，在溫馨中重現。雖說人生中遇見了意外，但是她擁有單純的美，樂觀、自信，繼續畫著圓點前進。

那天下午我們講了好多話，喝李媽媽泡的茶，吃美麗姊做的糕點，彷彿又回到從前，我們都是神社故事裡不能缺少的主角。

李媽媽和神社鄰居的孩子們。兒時神韻，長大後依稀可辨。

永遠的王大娘

那天，又打電話跟焦老師和師母請安，老師告訴我，當年北斗的鄰居王伯伯早走了，如今王媽媽也住台中，和小妹生活在一起。王媽媽，那位經常在鳳凰樹下直起喉嚨大聲呼喊：「弟弟呀！妹妹呀！」的王媽媽，咚一聲跳到跟前。

說起這位王媽媽可神了，在我們神社的媽媽群中，她可是最勤快，人緣最好，十八般武藝都會，本省外省通吃的「王大娘」——媽媽們都這麼稱呼她。

王伯伯是學校的會計主任，清瘦文弱，卻娶了個高胖粗壯的台灣姑娘，姑娘升格為大娘後，一連生了兩男兩女。大女兒叫「妹妹」，老二是男孩，當然叫「小弟」；老三叫「小妹」，也理所當然，問題是又生了老四，男孩，怎麼叫呢？只好叫名字——「阿中」。不知道什麼時候開始，阿中變成「阿中哥」，於是阿中稱他的哥哥姊姊為「妹妹、小弟、小妹」，他的哥哥姊姊叫他「阿中哥」。雖然從小一塊兒長大，我直到高中，才把他們的排行給弄清楚。

當時教員的薪水微薄，縱使配給得有米糧、油、鹽，尚可溫飽，畢竟吃長飯的孩子一多，就顯得捉襟見肘。別家媽媽緊守著幾張鈔票過日子，不知變通，王媽媽早有遠見，懂得開源。

她在自家後院蓋雞舍養來亨雞，怕不有百來隻，紅冠白羽，非常可愛，每天下的蛋，除了供應鄰居餐桌上的營養，還賣給商人；不下蛋的老母雞，也有雞販子來搜購。

在神社空地圈欄種番薯、養豬，長大的豬隻賣出去又是一筆收入。

自家孩子的生活稍能自理後，王媽媽又幫別人帶孩子，熱忱勤奮，彷彿有用不完的精力，沒幾年，他們家在眾人歆羨下買了全神社第一台大同電視。

一九七〇年左右，當時的省主席謝東閔先生，大力提倡「客廳即工廠」，神社的媽媽們紛紛投入生產行列，一起縫製毛衣、毛褲、繡花、糊火柴盒，孩子放學回家，自動分擔家計。不久，我們家繼電鍋後又有了第二項電器產品——冰箱，夏天終於有冰鎮的綠豆湯，和用鳳梨皮熬煮的鳳梨汁解渴。至於為什麼不買電視呢？王媽媽家有啊！晚飯後，做完家事，媽媽們擠在王家客廳看連續劇話家常，是她們一天中最快樂的時光。

自上大學後就沒見過王媽媽，聽說幾年前阿中哥得了腦瘤過世，後來王媽媽摔了一跤，腰椎受傷，必須坐輪椅。如今有了她的地址，我正計畫哪天得空去拜訪她。她胖胖的身軀，大大的嗓門，勤奮又和藹，不管造化如何捉弄人，都是我心目中永遠的王大娘。

還認得是哪些人，參與了湮黃照片裡訴說的老故事？

王媽媽與長子昌平。背後燦爛的櫻花，可記得王大娘曾經的辛勞幹練？

遺忘的年代

爸爸調到小鎮教書那年我才小三，住在「神社」。神社原是日據時代的祭祀場所，日本人撤離後國民政府接管，北斗中學在神殿周圍，蓋了約二十幾間房子，做為教師宿舍，瓦屋泥牆，老樹神燈，樸拙中見幽靜。左鄰右舍，南腔北調，只有李伯伯一家人「ㄓㄔㄕ、ㄗㄘㄙ」分明。

李伯伯住我們家右邊，常年穿著卡其色中山裝，眼神定靜，步履穩重。竹籬笆內的家，牆上糊的是中央日報、明星花露水、或什麼電影明星的廣告紙，沒有亮眼的紀念品可掛，身外物，在恐慌的戰爭，生離死別的大慟中，一件也留不住。客廳兼廚房，性情溫和的李媽媽擀著麵皮，腳邊有五個需要吃穿上學的孩子。

後來我上了中學，是爸爸和李伯伯任教的學校。

當時女生的髮長必須在耳上一公分，男生則是剃光，只有到高三下學期，青年節過後，才能蓄個小平頭。

男生的護髮運動，雖然沒有女生那麼激烈，但是抗拒請願的浪潮從未歇息過。制式年代，擔任訓導工作的李伯伯，一絲不苟的執行上層的指示，為了平息「頭皮上下孰重？」的爭議，他以身作則，慷慨殉「髮」，把頂上烏絲也剃個精光，總算暫時弭平眾怒。若干年後髮禁稍解，女生可以留到耳下一公分，男生一律小平頭，而我們的主任，依然頂著金光頭，為歷史做見證。

一九六八年實施九年國民義務教育，我當年就讀的中學改制成國中，神社弭平，闢建為高中。大學畢業後爸爸已退休，我回到小

李伯伯和焦伯伯壯年時的英姿。

鎮，和李伯伯同在高中教書，他仍然篤信基督，仍然教三民主義，仍然頂著金光頭走在校園。歲月因著他的執著堅定，沒有多大改變。

有一年，我帶高三學生畢業旅行，和李伯伯同車，不時聽見他在座位上輕輕吟頌聖歌和禱告，坐在他斜後方，看著日光映照在頭頂上，形成一道光圈，圓滿而肅穆。心中要有怎樣一份崇敬，才會坐得那樣安詳、那樣筆直啊！這麼多年後，生命日漸深沉的我，才體會到感動。

七十八歲那年，他兩眼矍鑠，微駝著背，行囊裡裝滿數十年的思念和熱情，回到故鄉北平。漂泊了大半輩子，終於可以含笑回故里。單程車票的旅途，有上主引領，風輕輕地吹，夢樣溫柔。

像某個遺忘的年代，李伯伯的一生，過去了。

古道照顏色

一九八二年，台灣省文藝作家協會彰化分會成立，由彰化高中的瞿毅老師擔任理事長，每年舉辦「五四文藝節」徵文，因為有他主編的《古今藝文》雜誌配合，當入選者來領獎時，便可看到自己的文章已經變成鉛字，登載於雜誌上，都驚喜萬分。每次頒獎典禮，均邀請知名學者專家來演講，把活動帶到高潮，蔚為地方美談。

我有幸在一九八七年和一九九六年參加比賽，兩度獲選，終於在文化中心頒獎現場，得以拜見嚮往已久的瞿師，後來更因為他老人家推薦，順利從北斗高中調職到文風鼎盛的彰化高中，為我開拓芬芳的文學苗圃。稱他一聲「恩師」絕不為過。

一九八七年秋，新任校長曾勘仁，力求重振彰中雄風，提高升學率，特囑瞿師創辦《彰中人》，鼓舞士氣和讀書風氣。這是一份八開型的小報，雙週刊，每期可容納萬餘字。在瞿師主編的八年歲月中，從沒脫期，這在校刊史上極為少見。到他退休為止，共發行一三三期。現在已改為一學期出刊兩次。

當時掛名編輯的老師共有四位，其實所有編務全落在他老人家身上。為了趕出版，往往忙到深夜，仍然精力充沛，毫無倦容。常見他騎著單車，神采奕奕地穿梭於校園、印刷廠。他潛靜、踏實、不居功，全校師生無不感恩傳頌。

有次他去印刷廠，半路上車鍊斷了，煞不住車，撞倒路上行人，被狠狠罵了一頓。又一次，從印刷廠回學校，突然遇到傾盆大雨，淋成落湯雞。他穿著不斷滴水的衣服走進教室，學生立刻報以熱烈掌聲。有同學勸老師趕快回家換衣服，以免感冒。恩師笑笑，磊落地道：「我心中有正氣，可以敵過水氣。文天祥在獄中與七種惡氣相鬥兩年，我只有一節課的時間，算得了什麼！」

二○○八年初，老人家因長年奔波勞累而關節退化，行動不便，不能再經營他心心念念的刊物《古今藝文》，為文友服務，他「有如萬箭穿心般的痛」。終於在刊出三十四卷四期，二○○八年八月畫下句點。該刊在他手中竭思盡慮，幾乎傾家蕩產，延續了二十九年，功成身退，最後卻只是輕描淡寫告訴朋友：「請多給掌聲，不要嘆息。」

恩師一生信念單純，行事專注，處世恬然謙遜，兼有讀書人憂國憂民的情懷。對時事針砭撻伐，對同事、學生照顧有加。他最大的興趣是讀書、買書、寫書，個性慷慨又惜才，將近萬冊的藏書捐給附近的建國大學。另外一批則贈予北部某所私立高中的圖書館。

恩師常說：「我留給孩子的只是『勤奮』二字。」如此謙遜且又身體力行的操守，尤其令人感佩。我憂心這般典型的讀書人，於聲光迷醉的年代倏爾消失，最近欣聞他老人家正著手整理近百十萬字的舊作，並撰寫回憶錄，殷盼恩師穿越歲月風華，奔波於知識煙塵，留下更多的歷史見證，讓後人親炙風采，知所效法。

恩師以六十餘歲高齡開始學習電腦，二〇〇三年建立網站，發行電子書，讓全球文友都能分享他的寫作和讀書樂趣。

水清花靜
歷史的是非功過沒有人記得
將往事釀成幸福的滋味
微風中陶然

卷四　悠然情思

讓愛繼續循環

四十年前，我任教於純樸小鎮的高中，在班上發起師生共同認養家扶兒童的活動，獲得全數通過，開啟了與家扶中心的不解之緣。

我問學生想要認養怎麼樣的孩子。她們夢幻般囈語：眼睛大大的；紮著俏麗的馬尾；有一對小酒窩。好像在挑洋娃娃，令人啼笑皆非。我正色告訴她們：「這些等待認養的孩子，都來自貧困或有變故的家庭，很可能面目黧黑、頭髮焦黃、衣衫襤褸，生活和教育都發生困難，亟需愛心人士伸出援手，及時扶持。」

那些年，透過通信、主動邀約、「相見歡」郊遊，讓一群青年學生在付出中學會關愛弱勢，學到善用金錢的力量，體會助人的快樂，更加珍惜擁有的幸福。

隔年我又在新的班級把愛延續。「點一盞燈，照亮一個生命，愛的循環只需要一個起點，就能讓更多的孩子受到溫暖的照顧。」課堂上我再三宣揚認養的理念，底下的大孩子熱烈響應。

有一次帶男生班，班會中決定送認養的女孩一個漂亮的布娃娃。約好前往的那個早晨，突然下起滂沱大雨，除了班長，其他人全都遲到，十七歲的壯碩男孩，獨自抱著娃娃在車站徘徊，引來許多陌生詫異的眼光，說有多尷尬就有多尷尬。

也許接受扶助的那段日子，是孩子生命中不堪回首的沉重與傷害，他們自卑害羞，所以自立後不常主動聯繫，我很能體諒。衷心盼望他們現在都過得很好，不要因為人生偶而出現波折就喪志，要因為被愛而學會愛人，將接收到的愛，化為正向的能量，將來也能回饋社會，讓愛繼續循環。

元旦期間去了趟北越，見到受戰亂荼毒，生活拮据，失去童年應有歡樂的孩子，心生不忍，尤其一位女孩問我：「阿姨，妳有糖果嗎？」每次想起都讓我哽咽，因此回來後，徵得我們〈愛閱〉讀書會會友的同意，透過家扶中心，共同認養一位才十個月大的可愛男嬰。在閱讀之外，又能將愛心送到北越，研討會更有凝聚力，也更優質。

目前大環境經濟蕭條，失業人口急速攀升，貧窮和家庭問題日益嚴重，兒童受害更深，期盼經濟能力許可的愛心人士，發揮個人影響力，幫助更多的孩子能過簡單正常的生活，掌握受教育的黃金關鍵期，人格健全發展，迎向光明與希望的未來。祝福所有曾經接受扶助的孩子，都能擁有開心的笑容。

我們有約

家扶基金會在台灣推動兒童福利工作，二〇一〇年正好滿六十週年，為了感謝國內外善心人士的關懷與參與，四月十一日，假台中市黎明辦公區的中正堂，舉辦慶祝大會，並表揚資深認養人及扶幼委員、扶幼楷模、兒童保護楷模、自立楷模、義工楷模。典禮在溫馨歡樂的氣氛中進行，看見這麼多受獎人上台，才知道關愛無所不在，帶給與會人士難忘的啟示和回憶。

年紀最長的受獎人是李淑錚先生，高齡九十三，因為國內國外的兒童都有認養，兩度在家人攙扶下上台接受表揚，掌聲歷久不衰。

最小的才十三歲。九二一那年，地震摧毀了無數家園，造成很多孤兒，當時李念恩才三歲，他的父親就以他的名義認養家扶兒童，為他積德種福田。

原本認養費都由爸爸支付，在念恩有了零用錢之後，爸爸鼓勵他將存下來的錢做為認養費，不足的差額，再由爸爸補足。

愛心不分年齡，只要有心，就可點燃希望，造福兒童，這個世界因為愛而充滿意義。

尤其敬佩扶幼楷模和兒童保護楷模，他們出錢出力，用實際行動保護兒童，幫助弱勢家庭的孩子脫貧就學，讓受虐兒童遠離家暴陰影，多一點陽光，少一點黑暗，在愛的環境下安心求學，穩定成長。

還有自立楷模。曾經是需要扶助的對象，如今不但能自立，還能付出愛心回饋社會，從人助、自助、到助人；從接受、分享、到付出，深深體會手心向下，施比受更有福。

我認養家扶兒童也已三十年，這期間一度遭逢家變，淪為單親家庭，陷入經濟困境，仍然堅持關懷，扶助比自己更弱小的家庭，帶著兒女和學生一起參加「相見歡」，與家扶兒童互動留影。一點微薄的奉獻，成為別人心目中的貴人，享有不平凡的幸福與感動，何其有幸。

九二一大地震後，我除了在工作單位捐獻一日所得，又親自將一筆慰問金，送給兒子住在大里，家有殘障兄長，房屋又倒塌的軍中袍澤。我堅信，人性關懷是生命價值的最高境界，我要身體力行，為兒女做榜樣。

受獎完畢，下了講台，只見小龍女女兒牽著兩歲多，像天使般可愛的外孫，捧著鮮花，搖晃著小小身軀，含羞走向我，貼心的舉動流盪心田。我將手中「愛無止盡」的獎座交給小yow yow，他是我愛的接班人，女婿替我們祖孫攝下幸福的見證。

散會前，我和坐在旁邊的三十年認養人，八十六歲的廖陳東妹女士相約，下個十年，我們還要一起出席盛會，締造美好的回憶和紀錄。

愛的承諾

我的朋友們大多進入華髮之年，如何養老，是聚在一起常交換的話題，有些人主張住養老院，有些則希望和兒女生活在一起。那天又舊話重提。一位朋友說，她曾經問過兒子，如果將來老了，會不會奉養她？兒子念高中，酷酷的說：「我不回答假設性的問題！」另一位朋友的兒子，剛成為社會新鮮人，聽媽媽這麼問，緩緩抬起頭反問她：「妳自己不會存養老金嗎？」大家又是一陣七嘴八舌。

我在腦海裡翻出一件陳年往事。

爸爸也問過我同樣的問題。「還那麼久，到時候就知道了。」我含糊的回答。那時候爸爸已經中過風，糖尿病、心臟病相繼來叩門，雖然才五十出頭，但是步履沉重，心境想必也蒼涼，才會渴望從女兒口中，尋求老來的依靠。當時我還是中學生，老？奉養？距離太遙遠，這個問題令我茫然。

時光慢慢流轉，那句「到時候就知道」，逐漸在心頭發酵，從幽微而趨明朗，而烙印為終生的責任。

爸爸晚年，兒女中只有我在身邊，經濟上、生活上，幾乎全靠我打理；送終，以及往生後三十多年來的祭祀，也由我一個人挑起，當年沒有說出口的承諾，我用一生的堅持來證明。我知道，我欠他老人家一句肯定的答案：「我會！」

因此照顧媽媽晚年，在她還沒有開始擔心之前，就常常環抱她的肩膀，貼在她臉頰旁告訴她：「別擔心，有我在。」好讓她安心頤養。現在的我懂得愛要及時說出口，不容延宕。爸爸以色身示現，教會我反省、檢討、付出，開啟了我後半生的新旋律。

一個人如果懂得檢視生命經驗，就會像印度電影《貧民百萬富翁》裡的Jamal一樣，通過記憶，回溯一段段不尋常的經歷，轉化為生活中Q&A的豐潤養料，即使過去是一頁傷痛史，也能帶來正向思考的能量。

生命故事從生命經驗出發，朋友的孩子都還年輕，當父母的倒不必刻意把心情瞄準在一句不成熟的話上，給他們一點時間修習人生課題吧。但是，孩子們，父母的身體可是不能等太久的。

「不是冤家不聚頭」，親子關係往往糾葛纏繞，心中各有千千結，然而親情就是責任，沒有逃避與放棄的權利，何不讓生命關係用愛來穿梭交織，必會歡喜甘願，越久越芬芳。

與清香纏綿

許多人的一天是讓咖啡給喚醒的，我喜歡靜靜的喝茶，兩杯溫潤流過，心神才活絡起來。愛茶的色澤清透，舌尖甘順，餘香持久。

以往做菜雖不致大魚大肉，總覺得少了油葷就減了滋味，重口味的回鍋肉或紅燒牛肉，可以讓家人吃得盤底朝天。現在多以清淡為主，奉行輕食，家人也更健康。幸福就是在菜根香裡尋常過日子。

茄子切段放在電鍋內，與加了薏仁紅豆的米飯同炊，取出來拌點醬油、少許剁碎的薑蒜，就是一道佳餚。其它青蔬也多用水煮或涼拌，崇尚天然，吃出原味。

有些人習慣吃喝氣味濃烈的食物，幾乎完全喪失欣賞清淡食材的能力，其實靜下來細細咀嚼葉菜的纖維，根莖的甘甜，反而少了負擔與煩惱，性情也較溫和。明朝洪應明在《菜根譚》裡說的「性定菜根香」深得我心。

文字工作者內心的壓力和焦慮是巨大的，傾吐過後，下廚炒幾樣小菜，可放鬆心緒，說不定一飲一啄間，靈光乍現，又有了創作題材。廚房飄香，是電腦桌外的快樂天地。作家好友，正是這種快手寫文章，也快手烹出好料理的達人。

我們都喜歡簡單過生活，在她家很自在，也很驕傲，試問當代有幾個人能讓大作家為他洗手調鼎鼐的？快炒四季豆，清脆爽口；蕃茄高麗菜，酸甜開胃；三色蛋，色香味俱全；金色蔥油餅，麵餅清甜，蔥花提香。家常菜用友誼調味，用溫厚裝盤，我感動的不只是食物，還有情意。

飯後我們喝茶，懷友念舊，談詩書、談文字江湖的種種。她說：「情再深，義再厚，不過是電光石火，穿梭千年的，唯有文章。」說時，眼底有一種堅毅，敬肅凜然。

談笑間，窗櫺某處角落，會突然冒出一個驚喜，或是一隻小鳥，或是一朵當序而開的花蕊，替悠閒散漫的時光，憑添幾許生動。倆人相視而笑。

平常日子，愛午後坐在書桌旁，看陽光穿過紗窗，地板上篩落幾道亮晃，用蓋碗杯飲茶，留住香氣。掀蓋的剎那，清香飄逸，飛舞在瓷杯與鼻唇間，同光影揉合，昏黃裡忘了歲月。

品茗要生活化，要有自主性，倒不必追求時尚名貴。可獨飲，可對飲，都是優雅的情境。茶香裡添了花香、書香、菜根香，細膩纏綿，這才叫上品。

遇見茶香

原先我偏愛生茶，喜歡晨間或午後為自己沏一壺新綠，放鬆心情，調勻呼吸，看葉片輕輕浮起，緩緩舒展，如煙往事，舊時人物，盡在清香間繚繞。偶而分神，泡得稍久，茶湯帶著些苦澀，覺得更貼近人生況味。

後來幫我看病的中醫師，要我改喝熟茶，說是生茶冷，不適合虛寒體質。於是我悄悄換了湯色。

兒子從印度、尼泊爾、斯里蘭卡歸來，送給我各式加料紅茶，肉桂、薄荷、老薑、佛手柑，妝點滿櫥櫃，每日唇齒繾綣於瑪瑙色澤，是我味蕾最富足的時光。

新近發現日月潭的「台茶18號」紅玉，和「台茶21號」紅韻，香濃暖胃；慈濟產於三義的小葉紅茶，是手採的有機茶，不僅具環保概念，給大地帶來一片生機，而且口感更溫潤。立刻愛上。

去年母親節，女兒女婿帶我到苗栗，親身體驗擂茶的製作過程，一家人輪流用杵在陶缽中加入綠茶、芝麻、花生、糙米、紅綠豆、葵瓜子……研磨，品茶之餘，兼享親情又養生。這幾年，客家風情為茶飲文化帶出另一股風潮。

媽媽最愛珍珠奶茶，一杯在手，怡然自得的模樣，是我腦海中最經典的畫面。她過世後，每逢祭祀，必然用它供俸。思念的時候，買杯珍奶，含著感傷跳上車，任司機載我兜遊，看車窗搖晃，默默進行我獨有的紀念儀式。

曾經請鹿港書法家黃天素老先生，為我寫一幅「寒夜客來茶當酒」，掛在客廳，那是宋朝詩人杜耒的名詩〈寒夜〉的第一句。學生來訪，我半開玩笑的指著牆上草書，要他們辨識，認不出的就不准進門。這段趣事，憑添幾分茶興，如今想來，不禁莞爾。

古代喝茶用紅泥小火爐，慢慢煮、細細品，講究的甚至要求水溫多少、用什麼窯燒製的陶杯，席間談玄說理，論古道今，是文人雅士的頂級享受。時代巨輪前行，在中國傳統茶外引進英式下午茶，加了糖奶、花草，調成各種風味，用細緻寬口的瓷杯啜飲，搭配西式糕點，午後時光悠閒而愜意。如今速食文化風行，大街小巷茶棧林立，人手一杯，冷熱甜淡隨意，邊走邊喝，處處遇見茶香。

飲茶時，我以最深最素淨的情感與它相應，讓茶湯在喉舌唇齒間熨貼生津，心情像被過濾了一般清爽，喝出回甘的細膩餘韻。

午後我們讀詩

退休後仍然保有閱讀的習慣，興趣來了，散文、小說，拿起便讀，快樂和憂傷，都是讀書的理由，卻不曾認真讀過一本詩集。讀詩的興味，開始於去年讀書會讀了《回家》之後。《回家》的作者是巴勒斯坦著名的詩人穆里•巴爾古提。這本書周詳的敘述他從約旦河西岸流亡之後的遭遇，以及離家三十年後的回鄉過程。由於作者本身是詩人，寫起散文就更加優美流暢，我們隨著作者敏銳的觀察及細膩的文筆，進入流亡民族的痛楚與感悟。

也曾想更進一步拜讀穆里·巴爾古提的詩，因為文化背景不同，可能涵詠意境的感受力會較薄弱而放棄。「我們可以吟賞在地詩人的詩呀！」有人提議，立刻獲得迴響。

首先選讀的是，享譽詩壇數十年的吳晟老師的作品：《飄搖集》、《吾鄉印象》、《向孩子說》。樸質懇切的文字，無論寫親情或反映民隱，都帶領我們貼近社會的、鄉土的情感，透過詩，詩人的生命印痕更加深刻。

為了進一步向詩人請益，八月盛夏，我們結合另一個讀書會，又帶了學生及親友四五十人，開拔到吳老師的家鄉——溪州，進行專訪，意外的遇見詩人兼自然生態作家劉克襄先生。大樹下，與天上沉思的雲朵，一起聆賞一場午後的風華。

今年孟春時節，陽光輕挪蓮步，偎在向晚的窗邊，份外柔亮，微風遊走花間，空氣裡流轉著想飛的情緒，聆聽文友朗誦張錯〈茶的情詩〉，字字句句都是美麗的花瓣。詩不僅是文字，而且有了畫面，有了聽覺上動人的旋律和美感，週遭似乎也花香茶香暗動。

接著讀陳黎的〈戰爭交響曲〉，全詩一千兩百個字，以「兵」「乒」「乓」「丘」，巧妙的立體化、圖騰化了文字，從軍容壯盛，到戰敗缺手斷腳，到立起墳丘，道盡戰爭悲慘，驚心悚然。

兩個月後，重讀《詩經》，這個三千年前中華文化的結晶，北方文學的代表作。《詩經》男女在愛情的樓角打情罵俏、飛揚輕佻；或淒婉訴怨、煎熬顛沛，彷彿近在咫尺，卻又遙不可及，都深入感性的心靈，人因而優雅詩情。我們邀請到國學大師韋教授，精心闡述旨意，詩人們柔情似水的筆觸，連通了三千年後讀者的血脈，流風輾轉，傳詠迄今。

那天，韋教授以古調吟唱王昌齡的〈閨怨〉，音韻鏗鏘清澈，暮春暖陽斜照，茶氤歌聲書香，鋪陳一座氣質的玫瑰莊園。

詩歌是上帝的眼淚，滴滴晶瑩，每篇詩章，都是令人屏息的絕代佳人，在水一方，謳歌生命。

鍾情文學，引導我走過人間山水，悅納世情。歷經歲月刻痕，把日子經營得詩意嫻雅，正是我衷心期盼的。

健忘一家人

幼年時期，我們曾經住過日式宿舍，一天，爸爸下班回家，像往常一樣脫了鞋上榻榻米，非常自在。看見鄰居太太在廚房張羅晚餐，便很有禮貌的上前打招呼，並且問她：「妳來我家找我太太嗎？她人呢？」

過了幾分鐘，他羞赧倉惶的奪門而出，原來爸爸回錯家了。

結婚後，偶而我會騎輛小腳踏車上街買日常用品，卻往往走路回家，等到第二天要到學校上課，找不到車，就以為被偷了，壓根忘記是遺忘在店門口。到市場買菜，回到家才發現魚或肉還在攤販那裡，更是常有的事。

退休前，我在台中教書，外子在高雄服務，週末我搭車到高雄，再打電話請他來接我。那時候我還沒有手機。有一次，公用電話上的數字怎麼撥打，都拼湊不出正確的號碼，只好打回台中，向那位住在我家的學生求助。偏偏家中號碼也記得七零八落，最後是招了計程車，直奔高雄的家。

人說老了才記性不好，而我那時候才不過三四十歲，如此早衰？

某天傍晚，外子問我要一起去花田整土鋤草，還是散步？我說出去走走吧，他欣然同意。於是雙雙離了臥室，向門口挪移。來到客廳，他突然向左轉，到後陽台拿出鏟子、灑水器，轉身看見瞠目結舌的我，疑惑的問：「我做錯什麼事了嗎？」

周末下午，外子在大賣場打電話回來問我，他要買的東西是什麼？出門前他的確說了要買某樣東西。兩個人在電話裡苦思不到答案，我安慰他慢慢逛，看到了自然會想到。一個多小時後，他皺著眉提了兩大袋戰利品回來，顯然都不是想要的。直到晚上睡覺前進浴室盥洗，我在外面聽到他大聲慘叫：「啊，牙膏！」

年輕時候我的記性確實不好，人家跟我借錢，轉眼就忘，還錢的時候驚喜萬狀，好像得到意外之財，忘了那錢原是我的。曾經有人跟我借了一筆為數不少的錢，我還是標會借給她的，開頭幾個月她兩千三千元的還，久了不還，我也忘了這件事。

現在身邊有年近九十歲的老母親，諸多瑣碎事都得靠我打點，責任在身，不敢大意，除了勉力強記，還需養成隨手做筆記的習慣，健忘症似乎改善了些，卻懷念起那段迷糊的歲月，俗事雜念，不記得反而單純快樂。

誰最迷糊？

話說某學校舉辦校長會議，開了整天的會，疲憊的甲校長，邊收拾公文，邊向鄰座的乙校長抱怨：「唉呀，真累！下星期三又要開會。」頓了一下，問：「下星期三是星期幾啊？」乙校長正在研讀公文，抬起昏花的雙眼，想了又想，搖搖頭說：「我也想不起來。」

好友想出國旅遊，眼看出發的日子快到了，還不見旅行社寄行程表來，就請大樓管理員多留意。第二天外出，經過管理室，記得好像有件事要問管理員，一時又想不起來，說話就有點結巴：「我那個……那個來了沒有？」管理員也聽懂了，立刻回答：「來了，妳那個來了。」身旁的外甥女早憋不住，拖著阿姨直往外面衝，好友猛然醒悟，又羞又笑，恨不得有個地洞鑽進去。

我有位大學同學，能寫、能畫、說得一口精采故事，是有名的氣質才女，鮮事也為人所津津樂道。某天，她開了車和兒子上街購物，約好各自去買想要的物品，一個半小時後車上見。她邊逛邊買，忘路之遠近，不知不覺竟走到家門口。一看車庫，車子不見了！進屋，兒子也不見！急得六神無主。這時候突然電話響起，原來兒子久候不見老媽，打回來找人。這下兒子車子全回來了，她笑得好尷尬。

寬筒褲流行的年代，某位女老師，將兩條腿塞在同一個褲腿，就到學校上課，同事發現她步態扭捏，旁邊還有條空盪的褲管飄呀飄的，雖然知道她常有驚人之舉，還是被嚇到。告訴她，她不疾不徐，淡定的說：「是喔，怪不得走路有點不舒服。」

另有一天，放學後她在校門口等先生開車來接，沒多久先生的白色轎車到達，搖下窗戶，示意她上車；她也看見了，卻高高興興的上了另一部車門打開，準備接小孩回家的同款色車子。

我的朋友告訴我，幾年前的一個夜晚，她在醫院生下女兒後，夫妻倆都疲累不堪，半夜，先生從家屬陪睡的小榻，迷迷糊糊爬上病床，跟太太一起呼呼大睡。天亮醒來，覺得身體平安，好像沒什麼事嘛，又惦記家中的老大，就匆匆收拾衣物回家，把剛出生的老二遺忘在醫院。

各位讀者，你覺得迷糊的糗事，哪件應屬第一名呢？

陽光表姊

表姊是外子舅舅的女兒，自幼和我的婆婆，她唯一的姑媽很親。老人家逐一凋零後，長我十多歲的她，就像長輩一樣關懷疼愛我，讓我可以挽著手臂撒嬌，依偎在身旁聽故事，享受有如慈母般的愛顧。

表姊夫婦倆都愛蒔花弄草，前庭後院遍植花卉，四季爭妍，清香迴繞，每次探訪，我總會在院子徘徊良久，這聞聞那瞧瞧，向嬌柔的花面問安。

知道我的體質不適合喝冷飲、咖啡，表姊貼心，庭院繞一圈回來，手上便多了幾片薄荷香茅，沏壺香草茶，坐在吧台邊享用甘潤，靜觀飛鳥優雅地停在花棚上唱歌。

夏日午後，詩詞中的使君子花——「竹籬茅舍趁溪斜，白白紅紅牆外花」，從煙雨宋朝穿梭古今，翻山過海，迤邐到表姊家古雅的庭園，穗狀花序，由棚頂瀑布似的開下來，輕盈柔美，叢叢簇簇，陽光下更明豔動人。

「花瓣在夜晚初開的時候是白色，漸漸變成淡紅，第二天太陽出來，轉為深紅。」表姊笑盈盈地解說。難怪它又有「雙色佳人」的美稱。

望著窗外，靜聽表姊細說浪花往事，拼湊那些我來不及參與的外子家族的流光剪影。歲月花瓣飄飄落下，釀成醇醪，供我醉臥懷想。

生病了，表姊熱心介紹良醫替我治病。

李子盛產的季節，我們早餐的吐司上，塗滿厚厚一層，她熬煉的李子醬。

清明過後，壁櫥裡又多了幾罐脆梅、梅子醋。

「薤白（露茄）」，一種像蔥又像蒜的菜蔬，她醃製好送來，配上地瓜粥，清脆爽口，酸中帶甜的滋味，不禁緬懷起婆婆那個遙遠的年代。

不同的季節，表姊興致勃勃地帶著我們出發，尋找新的視野，山間徜徉，花徑散步，親近自然，在花開花謝、抽芽落葉間，認識生命的本質。

「每天要以度假的心情過日子。」我認真追隨她的腳步，不再在時間的鏡子，凝視不能回頭的歲月。

表姊膚白唇紅，健康樂觀，受過日本教育，每個歡會的日子，必然是羅衫絲巾，妝點得高雅有氣質。本就美麗的女人，加上愛美，又不斷在生命中貯藏美的經驗，所以美得極有韻味，是那種堅持一輩子都讓人驚豔的女人。

表姊像太陽，將光與熱，源源輸送給我倦了、痛了的身子，落地骨肉親，勝過同根生，每每感念她的愛，紅了眼眶。

捷安特裡的夢想

藍波國中時期的暑假，怕他無聊，我從學校拿回來救國團暑期育樂活動的報名表，鼓勵他參加，他興趣缺缺。高中時終於答應我同遊日本，卻因役男的限制不得不放棄。大學念的是觀光系，大三舉行歐洲畢業旅行，他捨不得我花錢，體貼的說，等將來自己賺了錢再去。

記憶裡，藍波在物質上只有兩次額外的要求。第一次，他想要一輛捷安特。當時我薪俸微薄，除了養自己的家，還要偷偷攢一點錢照顧娘家人，拮据的預算，僅夠買輛普通的小腳踏車，做為十歲的生日禮物。車子買回來，看他每天騎著穿梭於巷弄，我以為他滿足的踩著夢想前進。

二十多年後，偶然閒聊起這段往事，藍波終於道出心聲：沒辦法跟同學比，當時心裡極度不平衡。我才恍然同儕間互尬的微妙心思，已在他幼小的心靈烙下深深印痕。如今我有能力買很多輛捷安特給他，卻再也買不回他輸掉的童年。

高二那年，瑞典的歐洲合唱團到台北開演唱會，那是藍波青少年時，除了席維斯史特龍外，伴他渡過狂飆期的偶像。我立刻雙手捧上票錢車資，只要能讓我的藍波快樂，挖心掏肝都願意。

結婚後，藍波帶著心愛的妻子，經常像比目魚般，鰜鰈游向寬闊的大海。今年六月，更雙雙辭掉耕耘多年的工作，前往中南美洲，做為期四個月的印加文化、瑪雅文化之旅。一直以來，他們不走現代感路線，每一趟都是深度豐富的古國巡禮，例如吳哥窟、斯里蘭卡、尼泊爾、印度，然後祕魯、厄瓜多、瓜地馬拉、墨西哥等。跨出失落，藍波不再跟別人比較，用自己的金錢、自己的節奏、自己的方式，向世界打招呼。

藍波夫婦個性很不一樣，卻以驚人的相互依存的信念和共同的執著，攜手走天涯。用培養多年的哲學觀，很有默契的漫遊時空，帶出旅遊新觀點；從歷史的角度探索文明。旅遊添了厚度與質感，眼神多了自信與沉穩。

孤寂的窗口有我在等待，接到mail或是失聯的日子，心情都大幅震盪，他們的目光在遠方，我將牽掛和安眠藥一起調合，夢裡學習放下。

對世界的探索，也許就在藍波想要一輛捷安特那年，神祕地開啟，如今他年近不惑，站在壯年的起點，期盼他那把生命之火持續煨燒，再度照亮另一個夢想。

有情世界

媽媽跟土地公最能相應，好幾次笑容滿面的告訴我：「昨天夢見土地公，就知道今天妳會來。」即使因病不能親身到廟裡祭拜，也會朝著福德正神的方向，睡前拜幾拜。

無論什麼季節，只要冷熱適中，不刮風下雨，我常推媽媽到附近的住宅區散步曬太陽，媽媽顯得十分高興。巷子內，家家戶戶都種了鮮豔的花樹，紅門外幾位聊天的婦女，見到我們也都露出和善的微笑。

穿過巷弄，母女倆沿著麻園頭溪，朝土地公廟前行。兩岸豔紫荊夾道，夏秋有綠蔭，冬春花瓣漫天鋪地，朝聖之路，除了虔誠的心意，還有郊遊的興奮。白雲悠悠俯瞰著我們，我們靜默的冥想著天空，無聲勝有聲，心靈互通，心念順應，自然找到溫暖慈悲的所在。

上人行道前有個小坡，我力氣不夠，推不上去，以前媽媽還能勉強行走，到了這個地段會先下車，等攙扶她上了小坡，我再把輪椅推上去讓她安坐。現在媽媽的雙腿軟弱無力，每當我們卡在這裡行進不得，總有路人停下來，助我一臂之力。當然焚香禱祝的內容，除了祈求媽媽身心安康，我們母女緣份長長久久之外，凡協助過我們的有情眾生，也祈求土地公土地婆，庇祐他們一生平安喜樂。

幫助過我們的貴人很多。帶媽媽看病，上下車最是吃力，往往病院門口的保全人員和陪伴病人的家屬，見狀都會過來伸出援手。這些也許不再相見的陌生人適時出現，讓我由衷感激。不認識你們，但謝謝你們，請接受我深深的祝福。

媽媽住在護理之家，我常用小小的心意，將無以回饋的愛，報答在其他老人家身上，向她們噓寒問暖；愛憐的撫摸一雙雙乾澀的小手、臂膀；傾聽她們微弱的心聲。用餐的時候替她們擦嘴、收碗筷，有些婆婆們還會不好意思的說謝謝呢。

護理之家弦歌不輟，定期有教會的姐妹來傳播福音唱聖歌；手語老師每週來帶動唱；附近中小學生愛心不落人後，也經常來陪老人說話、唱歌、演奏樂器。「老吾老以及人之老」的畫面，真叫人感動。我願天地有情，愛心常滿，人人惜福惜緣。

美善人生

十一月三號下午兩點半，台中市政府專為身心障礙老人設計的復康巴士，緩緩停靠在國美館前，訓練有素的看護人員，將老婆婆們小心翼翼從升降梯送達地面。等候多時，終於看見媽媽的笑臉從車內探出，我伸長手臂向她揮動。

婆婆們因為視野放大而興奮驚奇，左看右瞧，打量四周寬闊的草坪和藍天。我推著媽媽，輪椅輾過水泥石子路，每一圈都是歲月履痕，叮嚀我諦聽生命之歌。

H1N1的流行季，量體溫、用酒精洗手後，大家魚貫進入館內。亮晶晶的玻璃隔間、超大的電視牆、用浴缸搭建的視覺藝術等等，都有專業導覽人員，提高聲量，以國台語參雜說明，詼諧風趣，自己笑得比老人家還開懷。

婆婆們對色彩鮮亮的畫作較有興趣，比手劃腳，交頭接耳的，不知下了什麼評語。我不時低下頭問媽媽畫得美不美？喜歡嗎？她翹起二郎腿，在自己的天地悠然出神。

畫家精心繪製的作品，或許在她們腦海裡只是一片留白，然而在志工及家人的陪伴膚慰下，眼神閃爍著喜極的震顫，我用相機留住這份人間美善。

這群七八十歲的老太太當然青春過，今日乾癟的雙手，曾經溫柔的撫育過子女；曾經迎向挑戰，歷經悲歡離合，走過多少驚心。也有過夢想，但不見得都能實現；也追求過幸福，有時卻由不得人。如今長日將盡，對未來沒有能力規劃，至少有權利盼望，盼望政府提供良好完善的老人福利，盼望家人多點體貼關懷。社會、家庭多凝聚些善力，老人就多一分幸福。

參觀完畢，老人家到貴賓室圍成同心圓歇息。志工端出早已準備好的蛋糕、茶水招待，慇勤周到，溫暖了心，也照顧了胃，再次讓老人家享有人情暖意，嘴角彎成美麗的弧形。

這趟藝術之旅，結合了市政府、信望愛教會、企業家、國美館的志工、護理之家的社工、家屬，齊心互愛，才能嘉惠老人，笑得天真可愛。台灣雖小，但是愛心密度高，希望大愛能普遍在社會上帶動起善的效應。

推著媽媽走出國美館，復康巴士又將她們接回護理之家。一場人文氣息的饗宴，也許在她們悠悠忽忽地冥思裡似有若無，然而能替婆婆們清淡平實的生活，刷上一抹彩光，我們都很欣慰。

獨自走向回家的路，靜觀落葉飛舞，回味和媽媽聲息相繫的生命情緣。光陰長河裡，凡參與過的，都是歡喜。

晚美演出

我自小多病，飽受腸胃不適、全身莫名痠痛的折磨，中年以後，失眠、眩暈、心悸、乾眼症，又陸續纏上身，因此，別人猶豫不決的退休，我像等待特赦的囚犯，巴不得一聲令下。

吃藥、做復健，各項功能依然急速退化，日常飲食清淡簡素，一把清瘦，膽固醇卻緊緊挽住天邊一朵雲花，高高在上，捨不得飄降。

心裡早做好與病痛共存的準備，零件將就著用，只期望活著的時候，頭腦能清楚思考，四肢能自由移動。「把身體交給醫生，生命交給上帝，心情交給自己」，走一趟世間路，行囊裡，總要存放一點美好的回憶和幾本心愛的書籍吧。

衰老的軀體內，偏偏住了一顆奔放年輕的靈魂，不時用心、用眼睛和行動，觀察退休的人怎麼過生活。其實只要身體還允許，有意願，都能找到舞台繼續粉墨登場。追求夢想，生命愈晚愈美麗。

有人素顏、齋戒、禮佛，皈依淨土；有人染髮整容，追求時尚，展現風華。

有人出國雲遊，樂不思蜀；有人宅在家含飴弄孫，足不出戶。動靜皆宜。

有人拿起麥克風引吭高歌，自娛娛人；有人攤開卷軸，潑墨山水，暈染人生。

有每天枸杞、紅棗、人參不離口，或講究高纖、有機的養生達人。

有徜徉山林吸取芬多精，健步登山的快走族；有練瑜珈、太極拳的溫和派。

我看過七十三歲的師奶追星族，高舉著螢光棒，不錯過偶像歌手的每一場演唱會；和八十二歲的電腦族，玩部落格、臉書，網友滿天飛。

還有聽演講、音樂會，看舞台劇、開讀書會，參與藝術宴饗的高格調族群。

戲碼已近尾聲，有的人寫好遺囑，坦蕩交代身後事，從此五湖四海任我遊；有的人不知老之將至，身兼數職做義工，樂觀奉獻餘生。

退休後，健康會亮起紅燈，也可能遇到人事挫折，忘了勇敢，陷入沮喪。意外人生，要有「看得不看失」的智慧，泯得下千古恩怨。「世事如落花，心境自空明」，是花了幾十年時間才學到的一點從容，當然要妥善用來渡己渡人。

大多數人要到退休後，才真正省悟到離盡頭不遠，於是積極化心動為行動，哪個場景能找到感動，就深入追尋，認識自己，活出天地。

朋友，你在哪個舞台晚美演出？

彩霞滿天

同學會中，一位同學說起她家先生的趣事。

那天他參加高中同學會，到的時間有點晚，在餐廳一樓看見一群長者圍坐著聊天喝茶，心想，這些人髮色蒼然滿面皺紋的，不可能是我的同學。上二樓看看，那些人也不像；又下樓來仔細瞧瞧那群老傢伙，可不正是當年的阿炮、大尾等人？

我們聽了笑成一團。不知老之已至倒也可愛。

我從小體弱，早就體會「老」的感覺。

念小學，常常頭暈頭痛無法繼續上課，只得背了書包慢慢走回家。

長大以後，胃弱，讓我食量小且清淡，體重一直維持在四十幾公斤，不用減肥，人人羨慕。頸腰痠痛，以致行動遲緩，同事學生都誤以為是「舉止優雅」。貧血，虛弱無力，有人說我「吐氣如蘭，有氣質」。不知我長年因大小病吃了多少藥，進出過多少回醫院。

由於腰部椎間盤突出壓迫神經，讓我從右邊臀部以下痛到腳背，有時候甚至痠軟無力，不良於行。「要活就要動」，我還是勉力拄著枴杖傘散步，又早起練太極十八式。也許勤運動，腿力有些改善，就妄想出國旅遊。

聽說枴杖傘不能隨身上飛機，打聽到專賣登山用品的秀山莊有折疊式的枴杖，買來一試，果然好使。朋友說：「顯得老態，不好吧？」當健康有需要的時候，哪顧得了老態不老態。

早衰的體質讓我及早體會生命無常，懂得惜福，對弱勢特別同情關懷，也特別不捨、不忍父母的老病離世。

滿五十歲那年，我悄悄在心裡得意：嘿嘿，我竟然活到五十歲了！滿六十歲，寫了篇〈這麼一個花香黃昏〉來禮讚生命。老了真好，人生該扮演的角色嘗試過；悲歡離合經歷過；老了歲月，換來智慧；免去奔波，享受清閒。能優雅老去，就更美更有韻味了。

如今年過六十，盡心盡力服侍過一家老小，責任已了，牽掛也少，是該放下的時候。媽媽晚年，我祈求上蒼讓多病的我無論如何都要陪伴她到百年，然後，哪一天召喚我都行。如今媽媽走了，往後每個日子都是上天的恩賜，即使快快翻過這一頁，也無怨無尤。

空間的歲月

從小就夢想擁有一個屬於自己的、單獨的空間。我們家人口雖不多，畢竟那是「一家八口擠張床」的年代，談何容易。

夢想的入口，在九歲那年開啟。

渴望有片小天地，唱歌給自己聽，演戲給自己看，或只是抱膝倚牆，浸沉在真實與幻境之間。唯有在沒人看見的地方，才能敞開來與心對話，找到依靠。

十二歲以後，夢想有自己專屬的空間，則是為了看小說。

媽媽愛讀，七俠五義、羅通掃北、三國、水滸，都看，最愛的是奇情武俠。下午如果不打牌，午覺醒來，泰然坐在窗邊閱讀，四周流漾著淡金光澤，慈祥柔和的畫面，多想依偎過去，多想也捧起一本，走進媽媽和她的書中世界。

然而不被允許，於是我學會趁媽媽做家事，或和鄰居聊天的空檔，偷藏一本在裙子，溜進廁所。

廁所在戶外，共有四間，呈田字形，是神社二十多戶人家的公廁。狹窄、黝暗、污穢、奇臭，卻是我唯一可以獨自擁有的空間。

就著小窗透進來的些微天色，生吞活剝俠義社會所謂的道德和血腥。小小心靈，陷落在曖昧不明的人性欲望，載浮載沉。

看完一本，躡手躡腳再如法泡製，家人從來沒有發現我為什麼愛待在廁所。久入鮑魚之肆，裡面的氣味，似乎也沒那麼嗆鼻欲嘔。

年少時的畏縮和自閉，在刀斫劍劈下得到釋放，卻也荒謬得令人窒息。

上了大學，十個人一間，儘管是博愛樓公認最安靜的中文系寢室，夜晚大家坐成一排，埋頭寫報告，仍然感覺到鄰座瞟來的眼尾餘光，不知往哪裡閃逃。躲上床，用床單拉起一道布簾，與外隔絕，方才安心。

長溝流月去無聲，行至中年，有了專屬的屋宇，門一關，俯仰其間，心飛神馳，再也不用躲在暗室偷窺祕笈。

從前我問媽媽：讀報紙給妳聽好嗎？要不要我唸一段武俠小說？都搖頭。媽媽老了，一身武功，隨著輕煙柔軟隱入武當山。如今再問，天上的媽媽依然默默無語。

潛沉的習性伴我從童稚到老，生活很宅，享有單純的快樂。孤獨的時刻，是最愜意的時光，做什麼都好，不做什麼更好。

北窗下，看欒樹頂連成一張密實油亮的綠毯；看一點白鷺掠過輕悠溪水。美，在眼前，也在心底。

黃昏來臨，不同的季節，我守在我的空間點燈冥想，顯影歲月，留下寂靜安穩的生命紀實。

這麼一個花香黃昏

年過三十五以後，人生各種滋味入心間，從失落無奈，轉生出對世事的欣賞讚美，看人愈看愈順眼，覺得這個世界美好的東西愈來愈多。

五十歲生日那天清晨醒來，就有莫名的喜悅，很想買個大蛋糕請同事，又怕太招搖。等啊等，傍晚放學，回家前先去喝杯咖啡，點了塊乳酪蛋糕，一個人慶祝。晚上再斟杯紅酒給自己。從小多病，藥石不斷，竟也，嘿嘿，五十歲了！

歲月附在貓爪上，無聲無息，轉眼，秋葉赴約而來。哇，現在六十多歲了！朱顏暗換，多麼奇妙而美麗的生命歷程！站在略帶昏暗的光線裡，我對著鏡子說：「老雖老，看起來還蠻順眼的。」扮個鬼臉，抓起背包，街弄瞎晃，看閒書，逛花市，只要還能走得動，日子，什麼色彩都可以調配。

霜花滿袖，秋光照臨，對許多事物的反應遲緩了，心思不再靈敏，退出起早趕晚的廝殺職場，不也福氣？不愉快的事幾乎忘光，常感恩，少計較，此心悠然，身旁的人也輕鬆。人間事，糊塗點好。

仰慕年輕的歌手，每日在網路上追星，不用在意朋友晚輩竊笑。隨著螢幕上靦腆的嘴角而揚起笑意；迎著那穿透靈魂的歌聲而迷醉；聽著他唱出曾經的心碎而落淚。年華逝去，還是可以唱一首青春的情歌。

回首昨日，曾經走不出黑洞，某些憂傷的片段，不時搖曳在夢中。慶幸歲月沉澱了心情，慢慢懂得由不完美的生命經驗，去體驗全然不同的人生；學習如何承受失去，撫慰傷痛，並突破難題。

耳順之年追憶往事，感念人物，一切皆化為親吻祝福。

「盧山煙雨浙江潮，未到千般恨不消，及至到來無一事，盧山煙雨浙江潮。」體悟不難，卻走了二十多年，旋身遙望舞台那頭，不禁憫然。

年輕時候的淚水，滋養了五十歲以後的豐盈，用文字修行，筆觸雖笨拙，但每篇都有一個真實的自我，紀錄、反芻、檢視、認識自己，找到救贖，逐漸凝聚成一套生命專書，柔軟平靜的初心於焉尋回。

六十歲，像一陣和風，把心頭的枯葉吹落。

六十歲，原來是這麼一個花香黃昏。

一個人的燭光晚餐

避開暑期熱潮，初秋的清晨，我們祖孫三人，搭機前往香港迪士尼，做四天三夜的親子之遊。由於我已去過美國和日本的迪士尼，對香港的就沒多大興趣，但是能和小龍女及外孫出國，還是生平頭一遭，渴望親情的我，欣然同往。

第一晚我們住迪士尼樂園酒店。它位於大嶼山的迪士尼樂園度假區內，以維多利亞時代的建築為主題，浪漫而夢幻。

抵達酒店時不過十一點，放下行李，隨即搭接駁車直驅園內。五歲的yow yow渾身是勁，東跑西瞧，四處都是驚奇。用罷午膳從茶樓出來，豔陽高照，金光灼人，立刻閃入附近的商店吹冷氣、瞎拼，等看午後三點半的花車遊行。就在駢肩雜遝的遊客引頸企盼中，路的那一端，滿載歡樂與夢幻的花車，迤邐而來。

花車上女的俏男的俊，服飾鮮豔，身手矯健，在震耳的音響下舞著跳著，打眼前緩緩通過。外孫睜大眼睛，指著花車上的卡通人物如數家珍。我因他的快樂而快樂。

然而心悸頭痛的毛病，也在此時發作，恨不得有個地方讓我放平。熱鬧滾滾中，我是那獨自憔悴的斯人。

欣賞完花車，女兒還想玩其他設施，並觀賞晚間的煙火秀。我跟不上腳步，商量後，她們續攤，我則打道回府。

小龍女願意讓我跟來旅遊，已經太滿足，不能壞了她的興致。對親人，我的要求不多，有點黏又不太黏，彼此能相互照應，又有獨立的空間，再好不過。

回來躺了一陣，舒服些了，看看窗外，天光尚好，於是信步走入斜陽。酒店後面有座綠樹鋪陳的米奇迷宮，穿過這片迂迴，是一望無際的海景，海邊空無人影，倍覺遼闊。我享受在熱鬧與孤寂的兩端，相聚與獨處，都是內心底層的呼喚，今天何其有幸，兼而得之。

海風輕拂，裹著淡淡鹹鹹的涼意。黃昏已重，坐進餐廳靠窗的位子，享受一個人的燭光晚餐。

開胃前菜，我鍾愛那道用特殊醬汁醃漬的小番茄，酸中帶著清甜。

吞拿魚沙律、煙燻三文魚，我的輕食主張。

年輕的侍者，帶著溫暖的笑，欠欠身子，放下一份威尼斯香草麵包。我注意到他有雙清澈的瞳眸。

百里香，有消除疲勞，恢復體力的功用，揉合於自然發酵的麵糰中，透過烘焙，帶出香氣，咬一口，安神紓壓，愉悅已極！

再點一杯sunrise，瘋狂桃子，無酒精的雞尾酒。綜合了荔枝的甜、熟桃的香、檸檬的酸，在果園風味裡，加上些許蘇打、碎冰，更提昇口感。輕輕一啜，身心全溶在多層次的清涼中，令人瘋狂愛上。

獨自讀著搖曳的燭光，就愛那份朦朧。在這幽靜的夜晚，我正以最閒適的姿態讓靈魂釋放。喜歡單純，一即一切，超過一切。

水流花靜，露華正濃，看煙火的人也該回來了。帶杯sunrise回房去，讓她們也瘋狂。

輕舟已過

對老的認識，是隨年齡跟際遇一步一步體驗來的。年少時覺得老、死為一體，距離我很遙遠，有種無知的淡漠。

稍長發現，棺材裡裝的死者不一定是老人，而且死亡是單程旅行，永遠無法回航，遂在心裡蒙上莫名的恐懼。

幾番風雨過後，我已步入昏黃，每個日子認真走過，不論是一頁甜蜜的回憶，或是一個傷心的夢，都在心裡烙下深痕，此時對老反倒有份親切感。

其實老並不可怕，可怕的是來不及老，生命就結束；可怕的是生理已老，心理還沒準備好，就被死神召喚；可怕的是尚有許多未了願，空留餘恨；更可怕的是又老又病又窮又拖又無親人，那才真叫淒慘。

我是三十四歲那年開始盼望老年早點降臨的。很清楚的記得。

那年冬天，帶了幾件衣裳和書本，牽著孩子告別婚姻，雖然勇敢的做了決定，但今生已休，他生未卜，整顆心悽悽惶惶。

婚姻生活中共有的財產我分文未取；贍養費，想都沒想過。靠的是娘家媽媽收容我；靠的是有孩子做精神支柱；靠的是一份微薄但固定的收入；靠的是不可知的未來。我在等待，等待歲月給我答案。

等待既然這麼漫長，倘若生命是張稿紙，我要如何逐頁編寫呢？

重返校園再當學生，用功程度媲美大學聯考。

用心教導學生，溫柔傾聽。

到校外演講、參加研習、帶升學班、訓練學生語文競賽。

這些機會可磨練毅力，激發潛能，那些年我真學會不少人生課題。儘管淚水在心裡飛，臉上也要掛著微笑；儘管心被灼傷，外表仍要完好。每個晨昏，感恩上蒼又讓我平安渡過。過馬路更小心翼翼，因為還有孩子需要我照顧。我要睜大眼睛看，看命運到底在開什麼玩笑；要保護好身體等，等一個黃昏時才可能會給的答案。

日子在有些苦澀、有些甘甜中悠悠前行，終於走到職場盡頭。退休後展開一趟豐富的學習之旅，其中收穫最大的是筆耕心田。作品不多，但字字句句都是至情，我把它們放入記憶的陶甕，盛裝今生的歡笑夢想與哀傷。在時光的醞釀下，年少的故事變成芳醇老酒，黃昏來臨，走進回憶，閱讀前塵，無不是美麗。

仍然在等待答案，只是有點懷疑，答案對我真那麼重要嗎？

多年不見的老同學，在公祭場合幾乎不敢相認，我見君已老，料君見我亦如是，總有幾分感慨。這個年紀的身體零件正逐漸故障，還能使用的也都需要整修。老友閒談，提供養身祕笈，研擬與病痛和平共存的良方，成為重要的內容。

身體各項功能，只要在藥物控制下還能正常運作，都要感恩。至於逐年膨脹的寬衣，和全都下垂鬆弛的肌膚，令人怎麼也聯想不起年輕時的輕盈風韻，早已經不著於心。

不需為君留長髮，不需為君瘦蠻腰，那張臉只要不太嚇人就好，老友素面相見，反而輕鬆自在。

對兒子我盡心教養，渡過坎坷童年後已平順長大，成家立業，服務人群。我不望子成龍，他也沒給社會添麻煩，堪慰我心。至於什麼叫成就，因人而定，互相不給壓力，歡喜自在就好。

我以身作則，對父母盡孝，完成為人子女的責任，兒女是否對我回饋，就不是我能預期掌控的，得之我幸，不得我命，不敢奢求。

有空閒有體力的話，多出去走走，長途旅行，短程漫步，都可以。不用攜伴，獨與天地往來，視野開闊，腳步和緩，最是愜意。成員再多靈魂都是寂寞的，反正從來也沒有一個人真正懂過別人。獨自欣賞花開花落，不必感傷，與秋光共舞，從容打烊，黃昏多好！

更不用帶書，大自然就是最好的教材，頭殼裡面裝了一部電腦，隨時可輸入、存檔、列印，多方便！

我們這群三年級的人，不但生活中歷經親人長輩的老病死亡，抬頭也可見自己的大限不遠，要以平常心接受無常和不圓滿，寫遺囑、簽器官捐贈卡都該規劃，不必忌諱。

我靠薪水渡日，不擅理財，但省吃儉用，這一生得之於人甚多，能有一點餘力回饋社會人情的，我都聊表心意。錢財生不帶來，死乃安排，慚愧！

很早以前就想為別人做點什麼事，想到的最簡便方法是捐血，卻老是覺得體力很差，檢驗後得知，原來有地中海型貧血，只得打消此念。認養家扶中心的孩子三十多年，不過略盡棉薄之力而已，哪夠。想當志工，卻還有俗務纏身。終於在一個機緣下簽了大體和器官捐贈，黃昏時刻，把生命做最自主最徹底的奉獻，一顆擺盪的心才找到定位。

人世纏擾，都是愛情與親情繁衍出來的，到了黃昏時期，美人遲暮，將軍白髮，已沒有本錢彈婚外的樂章；婚內的愛情，則已轉化為親情，進入穩定期。父母子女偶有的衝突，也因雙方年齡和智慧滋長，圓融成要求不多的室友，或朋友關係。不論哪種情，都能琴瑟和鳴，不再變調，親情愛情的糾葛往身後一拋，真覺得天寬地闊。

慶幸這段等待的歲月，認真書寫生命，就算不精采，至少也努力過，感動過。

漸漸地，似乎遺忘了等待，答案卻在此刻現出端倪。

當初意氣風發的勝利者，現在失去的遠大於獲得的；而曾經失去一切的人，如今卻行囊滿載。人生啊人生，得失豈在一時！

年輕時候怎麼也雲淡風輕不起來，走入黃昏後回顧生命歷程，慢慢領悟到上天自有巧妙安排，讓人得不至全得，失未必全失，加加減減，公平無怨尤。只要掌穩舵兒往前行，歲月真能無驚。

證得菩提時，答案，答案又如何？

夢土

搬家的理由有一百個，我卻是為了尋找一片夢土。那陣子在這個城市，幾近瘋狂的尋花覓柳。體力金錢都有限，只能考慮有花園中庭的大樓。「只要享有不必擁有」，這是找房子之初就做好的心理建設，如果還能有個陽台，供我滿足蒔花弄草的樂趣，就更三生有幸。

欲求降低，美夢可期。

入冬時節遷入新居。大廳中央天堂鳥、常春藤，展顏迎賓。左右兩側各一排金盆聖誕紅，絨布似的花葉，正是當季姿容，熱鬧喜氣。

走進中庭，右手邊石徑曲斜，碧草映階，鴨掌木已高達丈餘；旁有清泉，呈圓弧狀，潺潺注入梯池。左手邊鳳仙紅紫相迎，火鶴百鶴芋交互生輝；橡木釉綠，金露花鮮碧，彷若悍將勇士，護衛一園仙女。一個小巧精緻的百坪庭園，映入眼簾，而沿著花香漫成的小徑，即可通達我溫馨的家園。

臥室前真有個陽台。

寒流過後，陽光剪破春冷，空氣慢慢升起暖意，我決定不再望著對面大樓頂的枯枝發呆，要融入這個季節該有的繽紛。

先探測陽光射進窗面的時間和角度，以便選擇適當的植栽。再丈量陽台的長寬大小，好挑花器。肥料工具早就備妥，花市來回兩趟，所有需求一應俱全。有閒有情又無雜事掛心頭，便是良辰吉時，挽起衫袖，躬身撥弄，一座我專屬的花園就此落成。

近身細看那些嫩葉幼蕊，在風中招展的生命力，就知道將來即使沒有壯闊的花海，但保證日日有嬌顏，時時有芬芳，這裏是我寄情舒懷的心靈園地。

晨起拉開簾幕，昨日盛開的今天可曾減損？含苞的綻放了幾朵？粉頰薄如蟬翼的九重葛，和淡紫如夢的馬纓丹該修枝了；上週施過開花肥，這週該澆生長液了吧！左邊嗅嗅，右邊瞧瞧，一天就這麼心曠神怡的展開啦！

天星牽牛粉紫靛藍，在和風中雲鬢橫陳，嫵媚輕俏。此刻最宜臨風把杯，高歌數曲。

夜幕低垂，冷雨斜侵，高樓撒下寂寞，玫瑰弄影花窗，嬌弱瑟縮。我為明朝花魂殘敗，而輾轉難眠。

在室內也培養了些不太需要日照的小可愛，像唐印、黃金葛、荷果芋等。裏裏外外，花花草草，人間的紅男綠女，在這裡只顯得蒼白。

厝緣花緣，結下不解緣，人生至此，夫復何求？

這棟房宅，位於台中綠蔭最茂密，文化水準最高的區段，在房價低迷的時候遇見，福氣來臨，城牆也擋不住。它高居九樓，窗前有花，花下有溪，溪畔有樹。每日窗前聽溪遠眺，心像蒲公英，飄落西邊雲峰相連的大度山，那是女兒曾經求知的學府。心也像羽翼豐潤的青鳥，飛向北方高樓林立的城市一隅，兒子的家園坐落於此。憑窗懸念，兒女情長。

戀花情結不知起於何時，只知道自然無痕，不及回神，就情深意重，將隱微的心靈角落撐開，迎接溫柔。花前編夢吟嘯，月下淺酌低迴，風聲花語，織成一段歡歡喜喜的黃昏歲月。

我是過客，在紅塵留下無數印記，每個驛站都有成長的足跡，也都有難以割捨的花情人事。現在這個家，如果沒有特別因素，應是我在俗世最後一程旅次，不為名利奔走，不為俗媚牽累，神清慮滌，安穩享點清福，時辰到了，願有幸在窗邊，靜靜看著藍天雲影，花樹搖映，聽小溪和著輕風吹奏，緩緩回歸夢土。

卷五　人間旅痕

旅痕如夢
一場花雨飄落
我清冷的眼眸
乃有了不褪的光澤

我想出去走一走

那天伏案久了，頭腦有些混沌，傍晚暑氣稍減，直想出去走走，遠離這禁錮心靈的方盒子。

背包上身的那一刻，還決定不下出走的方向。踏出電梯，忽然想先看看昨夜雨後的花田。

枯掉而沒有拔除的馬櫻丹，矗立園中，有一股凝固之美。緬梔無恙，有暗香盈袖。

櫻桃果然掉了幾顆殷紅，色澤如蘋果綠的，還掛在隱密的葉叢間，小巧可人。想起蔣捷的〈一剪梅〉：「紅了櫻桃，綠了芭蕉」，似乎也該種幾株芭蕉，風疏雨驟過後，綠肥紅瘦，也有風景看取。

腳下的方向，就順著花徑延伸吧！

踽踽穿過中港路，黑板樹的濃蔭，很快將汗水風乾。全國大飯店前的塔榕，梅雨季節裡，葉脈的紋理格外醒目。地上幾隻麻雀正在覓食。

它對面正在興建大樓，紅色吊臂懸在二十七層樓的空中，映照著迷醉的天光霞影，美麗中有幾分驚恐。

生命要想爬得高，活得精彩，不也像這般？

再往前走就是勤美誠品，有全亞洲最大的植被牆，炎炎夏日，市中心的這塊清雅地，透出一陣涼意。就在此地，與「奔牛節台中巡展」的牛群，不期而遇。我屬牛，顧盼神馳之餘，親切感自心底湧動，不能自已。

十年前，美國職籃芝加哥公牛隊，連續獲得冠軍，舉辦了第一次的Cow Parade，在芝加哥的公共空間及廣場，駐滿了各種不同造型的藝術創作牛，也衍生出許多週邊商品。

今年正逢牛年，台中市政府將公共藝術引進市區，有八十九頭，由藝術家精心雕塑的真牛尺寸的藝術牛，走入綠園道，一路散佈到文化中心、國美館的草地上。這些牛姿態萬千，顏彩繽紛，造型有幽默令人會心一笑的，也有展顏驚歎的，噱頭十足，人文風景與鄉野趣味盡收，帶給台中市民諸多遊賞的樂趣。

中國人的生命與牛息息相關，尤其農家，對勤苦奉獻的耕牛，更有相當程度的誠敬。昔日樸實耐操的牛隻，越過時空，搖身一變，都會時尚了，顛覆傳統印象，與週遭林立的大樓、賞牛的大人小孩，融成一幅現代景觀。

創意加想像，把一切變得可能。

暮靄蒼茫，我牽起南風的小手，從國美館踅回，走進小葉欖仁與阿勃勒搭築的深綠隧道。

隨意走走，沒有目的，反而更能挑逗思潮，補充破框而出的能量，找回了電腦桌前遺落的靈感。

幸福旅程ING

溪頭是台大的實驗林，位於南投縣鹿谷鄉，海拔一千兩百多公尺。冬天背風，夏季涼爽，清晨陽光朗闊，午後霧靄煙嵐，有時候飄點霏霏細雨，迷濛隱約，憑添感性浪漫之美。又兼交通便利，因此遊人如織。

通常，我們的遊覽車在星期一早上七點，風雨無阻的出發，一百分鐘的車程，是長青幼稚園的老小孩一展長才的好時光，早上不過癮，傍晚回程再繼續車拼。車內歌王歌后濟濟，國、台、日語都能嫻熟引吭，女聲婉轉，男聲渾厚，唱罷猶覺餘音繞耳。

許先生，我們的鐵漢領隊，歌聲卻柔情萬丈，又不時與開心果文華「答嘴鼓」，將歡樂推向高潮。也有夫妻檔對唱的，琴瑟和鳴，只羨鴛鴦不羨仙。後座的李先生，嗓音蒼勁，穿透力十足，彷彿在月下傾訴心懷，讓人想起許多往事，陶醉又感傷。

下了車，三三兩兩，按照興趣和體力，選擇曲徑通幽的步道；或悠閒的沿溪上下；或快走直攻瞭望台、天文台。紅檜千年蒼翠，瞻禮神木，景仰之情油然而生。五層樓高的空中走廊，可體驗輕踏樹梢的滋味。小木屋典藏了我年輕時代與學生的歡樂趣事。一夥人說說笑笑，深吸幾口甘冽的空氣，分享水果、家常菜、養生祕笈，貼心互動，腳下的世間路，條條可通向健康大道。

花開的季節，站在大學池旁凝視倒影，小橋流水，井然入畫；深秋綠葉轉紅，銀杏、落羽松蕭蕭飄落，俯拾一片，細看成熟與風華。四序遞嬗，有不同層次的感觸和心動。走累了，涼亭內可以歇歇腳，拿塊麵包或餅乾餵食小鳥松鼠。找張桌椅看書寫字，或眺望遐想，意念如流水行雲。霜髮人生，還能享有沿途清景，我滿心珍愛。

盡覽山色，飽吸芬多精後，夥伴們神采奕奕的陸續下山，走向來時路，沒有別離的惆悵，因為，幸福的旅程還在繼續。

我們這群三年級生，可喜可悲的故事遠了，孩子也大了，各有各的天地，眼前最重要的是把老身照顧好，不給自己和家人添麻煩。遇有好景致，駐足觀賞；不合意的，轉個彎繼續尋找另片天空。

我的膝關節、脊椎退化得很快，與其坐在家裡發愁，不如趁還能走動的時候，勇敢充實尚未完成的旅次，穿上護膝拄了杖，能用多久就用多久，走到哪裡算哪裡，很欣慰擁有過這段美麗的金色歲月。

峇里島風情話

二月份，完成近八萬字的散文寫作後，極想給自己放個假，好好休息一下，於是到峇里島旅遊的念頭，再度浮現腦海。可是健康不佳，除了早就視為一體的痠痛外，心悸胸悶的毛病也較以往加重，一般團體旅遊行程緊湊，我的體力無法負荷。正在躊躇，媳婦適時提供了兩人自由行的旅行資訊給我：機場出入境有專人接應，到了島上有專屬華人導遊、司機和六人座的休旅車，五天四夜的遊覽，時間、景點任憑調整，能行則行，欲止則止，輕鬆自在零負擔。簡直是為我量身打造的嘛！大喜過望，於是邀了芳姊，兩個加起來一百多歲的「熟女」，準備好藥物，就在四月天快樂出航了！

一般去峇里島的旅客都喜歡泛舟玩水，市售的旅遊書也大多介紹景點、美食、蠟染、木雕，我倒是體驗出島上另一番風情。

善惡門

這是島上最與眾不同，也最常見的建築，峇里島人稱之為坎迪班塔（Candi Bentar），造型左右對稱，分別代表善惡，有點像被切成兩半的尖塔，據說取自印度聖山的外觀。廟宇或民宅都可見到類似的建築，紅磚石雕，藝術非凡。據導遊說，它可以隔絕是非善惡，只要進了此門，一切邪惡、妖魔、降頭，都會被擋在門外，所以它也可說是一道安全門。

島上居民認為，世間一切對立的現象都可並存，比如黑白、日夜、強弱、生死，並不刻意劃分對錯好壞，極力保持兩種極端的平衡與和諧，和中國人貶惡揚善的觀念並不相同。

中國的孟子認為人性本善，荀子卻提出性惡說。證諸事實，人體內本流著善惡兩種血液，矛盾衝突，卻又共生並存，不容否認。某些衛道人士刻意掩飾人性中的醜陋，反不如峇里島居民的坦蕩可愛。我以為，不如正視人性，從教育著手改造，去惡存善；體認大自然的法則，順天承運，與時推移，天人合一，必能圓滿。

發呆亭

第二天中午，我們到Bebek Bengil享受著名的髒鴨子餐。到了餐廳，目光立刻被發呆亭吸引，用完餐，迫不及待掛著微笑，躺在榻上閉目養神。此時輕風習習，花香撲鼻，俗慮盡拋，沒來過峇里島的人，是無法感受發呆亭的獨特魅力的。

發呆亭是峇里島隨處可見的茅草小亭，四根柱子撐起一片天空，柱與柱間或是白紗帷帳，飄逸韻緻；或是空無掛礙，任風神隨意穿梭。有的放置床榻，有的擺放座椅，無論竹織藤編，軟硬皆宜。我們遠離充滿壓力的水泥叢林，來到發呆亭，鬢邊插朵大紅燈籠花，坐臥聊天，慵懶放鬆，說話的聲調速度都舒緩了，人與人之間不再設防，發個呆休憩一下，這才是我渴望的生活。

在台灣，多少人從小受「分秒必爭」和「人生如戰場」的教育，終生忙碌，哪天閒下來，怕是要手足無措呢！

多年前到台南成大拜訪老同學，恰巧同學的妹妹也在家，我問她：「剛考完研究所，現在有什麼新計劃嗎？」

只見她從容不迫的回答：「我的計劃是什麼也不計劃。」給我當頭棒喝！

哎呀，同學的妹妹和峇里島人，都是了不起的生活哲學家！

殺價文化

「在峇里島買東西記得一定要殺價！」出國前就不斷被友人耳提面命，因此購物的時候我牢記原則，又有芳姊在一旁壯膽，終能鼓起勇氣，殺得漫天煙塵。

印尼幣叫盧比（Rp），當時與台幣的匯率約是1:270，與美金是1:9000。較小的商店仍以盧比標價，大商店則用美金，遊客最好自備計算機，否則就要在腦海飛快換算，考驗數學能力。店家也有計算機，但聽說有些會動手腳，還是用自己的較不吃虧。

在烏布（Ubud）的蠟染工廠買沙龍，或其他手工藝品，頂多能殺個七八折，馬斯（Mas）的木雕可殺到七折，雖然折扣不多，但品質確實比傳統市場的要高級精美，果真一分錢一分貨。傳統市場可殺到二折三折，如果時間充裕，貨比三家，還是可以挑到俗擱大碗的。不過那些店員的纏功一流，遊客不想買的話，就狠心拒絕，快速閃人，千萬不可猶豫不決，她們是不可能讓妳在荷包大量失血前放過妳的。

峇里島物價不高，原本標價也很平實，據說是外來觀光客把殺價文化帶到此地，久而久之，就形成一種風氣，賣方漫天開價，買方就地還價，爾虞我詐，刺激詭譎，滿足人性中貪小便宜的快感。

無處不飛花

到了峇里島，才知他們愛花的程度不亞於歐洲人士，用花來點綴生活的雅興，可能更有過之。

島上種了很多會開花的樹，緬梔、黃嬋、燈籠花、沙漠玫瑰等，隨處可見，花朵較台灣的大，其他不知名的，也都嬌豔無比。連男士都愛花，常見他們頭戴花帽，耳插鮮花，再繫條斑燦長裙，極富熱帶風情。我和芳姊禁不住誘惑，也買了花色沙龍穿上，將大紅燈籠花別在鬢角，在發呆亭搔首弄姿，留下回憶。

無論Villas、飯店、商店、住家門口，每天都有一個用棕櫚葉編成的小藍子，裝著鮮花米食，祭祀神明，祭祀完後，一天的活動才能開始。根據傳統習俗，這項任務由婦女擔任，且早、午、晚至少各膜拜一次。

最叫人驚豔的是，幾乎飯店餐廳出入口、長廊邊，都擺有圓型石缽，內盛清水，水上漂浮著各色花瓣，波光粼粼，芬芳可挹，「『漂』花水面皆文章」，真個浪漫又詩意呢！

落霞與蒼蠅齊飛

五天四夜的旅遊，道不盡旖旎風光，輕鬆愉快，唯一美中不足的是，第二天晚餐時「椰影共梯田一色」，固然美則美矣，可惜「落霞與蒼蠅齊飛」，令人咋舌。第三天金芭蘭（Jimbaran）的海邊夜宴，揮之不去的蒼蠅，就在食物上方飛舞盤旋，我們右手拿筷子，左手趕蒼蠅，再浪漫的燭光情歌陪襯，也食不下嚥，只好草草結束蒼蠅大餐，回飯店沖麥片配餅乾裹腹。

芳姊在我們抵達峇里島的第二天下午，就開始拉肚子嘔吐，把我嚇壞了，因為她是我邀來此地渡假的，如今染病，我當然罪孽深重，不知如何向她的家人交代。除了叮嚀她趕快服下從台灣帶去的胃腸藥外，也將導遊和飯店櫃檯的電話牢牢記住，萬一有緊急狀況，可立即請求協助送醫。還好不嚴重，緊繃的情緒，總算在兩天後得以放鬆。

賦歸

回程，候機室坐滿台灣旅客，我們兩個銀髮族夾在一群年輕人中，特別醒目。排在前面等候出境的新婚夫婦，看到我們的年齡，又得知是自由行，直讚「偉大！」讓我們有些得意，又有些羞赧。其實旅行社已幫我們做好安排，只要衡量自己的體力和荷包，有萬全準備，定點深入旅遊，是銀髮族最佳的退休規劃之一。

這趟旅遊我嚮往已久，芳姊則是被我邀約，臨時決定的，沒有她，峇里島之行將永遠只是空想。踏上這塊土地的時候，我歡呼道：「我終於來了！」芳姊誇張且感慨的說：「我竟然來了！」人生真奇妙，冥冥中有種緣分將我倆牽引至此，圓了自由行的美夢。

拜訪沖繩

自從去了一趟峇里島，就愛上了小島旅遊。里程短，不太勞累，又能欣賞異國風情，最適合我這個慵懶的慢活族。於是這趟出走，選擇了沖繩。

沖繩是日本最長壽的縣，平均壽命超過八十一歲，經學者研究的結果，與當地的飲食有關。他們喜歡吃什麼食物呢？

山苦瓜：略帶苦味，除了有去火解毒的功效外，還有豐富的維生素C。吃起來苦中帶甘，猶如品味人生。

納豆：含有天然的高濃度血栓溶解酵素，是國寶級食物，也是日本人長壽，保健養生的祕方。但是納豆菌外表黏稠，口感獨特，恐怕不是人人都能接受。

褐藻：生長在淺海內灣的一種海藻，富含蛋白質、鐵質，在沖繩料理的應用上很廣泛。通常的作法是浸泡到醋裡，做成開胃小菜。

綠茶：含有大量兒茶素，是抗氧化、防癌、消脂的聖品。

黑糖：依古法將甘蔗榨汁，因為不經過精製過程，所以保存了豐富的礦物質，是沖繩流傳已久的健康食品，也是旅客必買的伴手禮。

以上食物是沖繩人的最愛，家家必備。飲食清淡自然，難怪會長壽健康。

我愛古風，來到這裡，就不能放過有世界文化遺產之稱的首里城。

首里城是琉球王國的首府，建於十三十四世紀，幾度毀於戰火，一九七二年日本政府積極重建，已於一九九二年恢復原貌，正式對外開放。除了守禮門、歡會門、瑞泉門等古蹟外，還可在下之御庭——首里城公園，欣賞精彩的琉球舞蹈表演。可惜我們去的那天正逢休演，徒呼奈何！

倒是在玉泉洞旁的大鼓廣場，欣賞了聞名久矣的大鼓表演，無論服飾、舞姿、鼓聲、吶喊聲，氣勢驚人，嘆為觀止，久久不能回神。

玉泉洞內的鐘乳石，形成於三十萬年前，全長五公里，目前開放的只有五分之一。洞內的石筍石柱千姿百態，人工燈光打照下，更令人驚嘆大自然的鬼斧神工。炎炎夏日到此一遊，暑氣盡消。

如果想找一條優雅兼悠閒，古樸中又帶著點時尚的商店街逛逛，那麼，那霸的新都心，絕對可以滿足你挑剔的欲望。

如果你想領略古早琉球的風情，就得前往琉球村，它的建築、紀念品、歌謠、服飾，瀰漫的氛圍，足以讓你分不清前世或今生。

當然，沖繩還有許多吸睛吮指的美景美食，就等著有品味的旅人，做深度漫遊囉。世界的院子那麼大，不論跟團或隻身前往，都會有驚喜的發現。旅途中用文字書寫，或透過鏡頭補捉畫面，或只是用雙眼欣賞，都能留下飽滿的回憶。

下一站，我將前往哪裡探觸陽光？你猜。

走，看風景去

陳大哥夫婦是外子的好朋友，移民澳洲已經二十多年，屢次邀我們到雪梨旅遊，說那裡風光怡人、空氣清新、水質甘美，鄉間尤其寧靜，十分適合渡假。搔得我心動不已，無奈前些年俗事纏身，就算心靈想飛，身體也動不起來。

今年初秋，邀約又在耳際響起，正好手邊無啥大事，也希望藉空間的開拓，增廣拉高視野，讓黃昏歲月添一筆瑰彩，於是啟動熱情，逐夢南半球。

我們上網找資料，買書做功課，燈下攤開地圖，尋覓夢的方向。熄燈後躺在床上，想像此刻已置身雪梨小鎮，日出遨遊，沒有行程的壓力，日落歸巢，有踏實的家的感覺；悠哉享受異國海灣獨特的浪漫氛圍；深刻體驗屬於澳洲的風土人情。好奇的狂熱感染周身，夢想唾手可得，快樂得輾轉反側。

既是遠行，家事當然要妥善安排。媽媽本就住養護中心，有專人照料，還是再三叮嚀照服員、兒子媳婦，務必盡心服侍，常去探望，不可疏忽對老人家的關懷。

陽台上的花草，門窗、瓦斯、信件，也交代兒子多照應。

出門在外風險多，除了辦保險，詳留聯絡方式，各種藥物也須備妥。如感冒腸胃藥；平時慣常服用的血糖、血脂、血壓、安眠等藥；或是旅遊地點，因季節不同、氣象變換、水土不服，可能造成的不適，也要儲備藥物。我的旅行經驗是：如果出門一星期，要備十天份的藥；除了隨身攜帶的外，還得在託運的行李中放一份，方保萬無一失。

無論隨團或自助旅遊，與土地長相廝磨，必須有雙柔軟合腳的便鞋。由於雪梨的八九月正是冬春微寒之際，我穿了雙舊羊皮平底短靴，又帶雙休閒運動鞋，以便替換。果然三個星期的腳程，它們為主人忠誠服務，毫無差錯。

台灣直飛雪梨，里程有七千多公里，在飛機上要待九個小時，最貼心的伴侶是書籍，我備好兩本。當然相機、筆記本，也一一放入背囊，紀錄幸福的每一站。

一切收拾停當，站在行李旁，興奮地告訴自己：人生是一趟未知但十分有趣的旅程，只要妥善規劃，帶著好心情，隨時都可以「走，看風景去。」

不一樣的天空

八月中旬，從豔陽火紅，彩傘賁張的台灣，飛到雪梨的Five Dock，一個大部分是義大利人移民的小鎮。

這裡正值冬末，雖然沒有皚皚白雪，但是溫度急遽變化，初來乍到的生理難以調適。第一夜，穿了衛生衣、毛衣、毛襪上床，棉被外再蓋一件大衣，仍然踡曲著身子，不敢伸直兩腿，直盯著百葉窗，殷盼黎明的曙光早點射進來。

兩天以後，乾凍造成的刺痛，在雙手劃下五六道裂口，每天擠新鮮萊姆汁的時候，更發揮威力，塗上厚厚的綿羊油，也起不了半點作用。

每個清晨，裹著厚重的衣物外出搭公車，寒冷很快溜進身體，然而，勇於嘗試的意念，仍驅使我亟欲推開不可知的大門。

住家附近，處處鋪設了人行步道，每戶都有前庭後院，茸茸綠草上，遍植美麗卻多半叫不出名字的花卉果樹。也有台灣冬季常見的茶花、杜鵑，尤其是櫻花，這個月份在南半球相遇，終於明白，為什麼追櫻族可以繞著地球跑。

夜間奇冷，早上十點過後，陽光暖暖地貼著肌膚，我開始像洋蔥般層層剝衣。海灣邊，微風溫和柔情地撫過臉龐，紅喙白羽的鷗鳥在身旁啄食，偶而「噗」一聲，振翅掠過頭頂，舞姿華麗，徹底迷住觀光客的眼神。

一天，我們乘車、搭船，再換火車，用各種交通工具體驗水陸風光，來到Woy Woy，親睹塘鵝準時在下午三點群聚岸邊的奇觀。四、五十張黃色寬闊的大嘴，搖搖擺擺，齊向餐廳主人討魚吃，吃完，昂揚高飛，在天空畫下數道鴻影。

旁邊的公園，兩隻海鳥正鬥得起勁。母的彷彿嬌嗔道：昨天為什麼回來得那麼晚？身上還滿是香水味！公的努力辯解，母的仍喋喋，明顯佔了上風。家庭糾紛持續數分鐘，圍觀的人想起自家也有本難唸的經，不覺都笑了。

也曾往西南部遠遊坎培拉，奔馳在藍天下的原野。無盡的尤加利樹飛快向後倒退，大片大片的紅土黃草，呈現在雪梨看不到的乾旱。三四小時的車程不見人影，倒是成群的牛羊昭告世人，世界最大的牧場就在此地。

怔怔望著遠方，天地凝寂，無邊無際。偶而一絲山風與車聲合鳴，幽幽低迴。車窗內的人，與動植物融合在大自然裡，不用言語就能勾動初始的情意，心中恍惚明白了什麼，又說不出所以。

澳洲社會福利做得極好，海水平靜深沉，雲天高遠湛藍，大地時而優雅親和，時而粗獷遼闊。縱使我不斷繼續下一段旅程，多年以後，她仍然會清清晰晰鋪陳在我的心底。

萊姆與酪梨

依依從夢裡回來，耳邊響起聲聲鳥語。昨夜一場罕見的冰雹雨後，日色依舊朗朗。披衣走進庭院，甘願讓小草沾濕鞋襪。暖陽鋪灑的春天，只想慵懶。

採摘新鮮的萊姆榨汁，是來到雪梨後養成的早課。一顆顆隱身在綠色葉脈後面的嫩黃，與台灣的青綠玩變臉遊戲，更添加幾分國色天香。

手指上因氣候乾燥而裂開的傷口，在壓榨的過程沾到汁液，剎那間痛到眉心。基於「天然」「有機」的健康理念，再痛也要喝一杯DIY的楓糖萊姆汁。

與酪梨不期而遇的那個晚上，盡量壓低聲量，發出小小的驚呼，往後的三個星期，早餐要是少了她，美味頓失。台灣的酪梨上尖下圓個頭大，來到雪梨，偷偷喬裝變身為比鵝蛋稍大的橢圓形，口感也更滑潤。因為富含維他命E，油脂較多，此地人大多用來塗抹麵包，被喻為「植物性牛油」，是養顏美容聖品，和台灣用來與牛奶打成汁的食用方式，大異其趣。

坐在餐桌旁，萊姆清香，酪梨濃郁，熟悉的水果在異地換個面貌驚喜重逢，生活有滋有味。

想起那天在雪梨市中心走路，連續撞到路人甲、路人乙之後，才啞然自己淪陷在左派份子的氛圍中。走路靠左、開車靠左，聽說左撇子也多。這個城市在凡事相「左」中找到秩序。

春花開在九月；聖誕節見不到皚皚白雪，熱到只想潛在水裡。顛覆刻板的季節印象，世界好可愛。

小鳥在天空盤旋成一圈圈夢的漩渦，然後當著你的面，理直氣壯地俯衝到花園啄食。牠的世界沒有「鳥仔巴」，不知道某些人類是天敵。

住宅區的小路清靜無人，到了路口，司機仍然停看聽。行人安全，在這個國家被高度尊重。

郵局賣巧克力、文具，和台灣的賣蜂蜜、面膜一樣便民。算是扳回一城。

「他山之石可以攻錯」，不是官腔或理論，而是應該落實的生活教育。

推開一扇門之後，開啟新視野，提升能見度，學會多元而輻射狀的思考，突破以往的價值觀，創造不一樣的人生，生命因而豐富美麗。

一直以來我在思索自己人生的定義，雪梨的天空讓我找到答案。

那個清晨，一個人坐在顛倒的季節裡，與不同時空的景物遇合，在異鄉體會著奇妙的滿足。

都是故鄉人

來到澳洲的第二天下午，陳大哥家萊姆掛滿枝頭的院子裡，突然響起一串爽朗的女高音，提著蘋果、橘子，高壯身影的羅大姐，就出現在眼前了。

羅大姐隨先生移民澳洲已三十多年，鄉音未改，只是歲月催人，染白了青絲。想老家的時候，就回台北住一段時間，帶些豆腐乳、醬菜回來解饞，把菜籽撒在後院。因此我們住在這裡三個星期，吃了好幾餐她種的紅鳳菜、高麗菜、油菜，安心又有家鄉味。

沒兩天，住在附近的呂先生也聞風而至。雖說移民了二十幾年，但是台灣還有事業放不下，因此經常兩地跑，當空中飛人。這趟我們來，他正好在Five Dock。

他喜歡海釣，常約陳大哥晚上出門，不畏風寒。不適合釣魚的天氣，就開著那輛休旅車，載我們欣賞海邊夜景，及城市的夜生活，見識雪梨的另一種風貌。

呂先生說話高亢急促，言論激烈，但是多相處幾次後，發現他其實率真愛台灣，只是恨鐵不成鋼，雙頰上線條分明，憂國憂民中有幾分風霜。家中佈置得雅潔明亮，是個很有品味的男人。

一天晚餐時間，我們朵頤著羅大姐送來的明蝦，嘴裡塞爆塗滿香料的義式碳烤雞肉，又迫不及待仰起脖子，痛飲芳香甘醇的葡萄美酒，即使酒量淺薄，此刻我也願醉臥他鄉。

美酒是王先生親釀的。

他本在台灣擔任知名公司的財務經理，為了給孩子一個更好的學習環境，毅然舉家遠颺，後來證明，兒子在學業、事業上，果然都有優異的成就。

王太太娟秀雅麗，自小習舞，才藝出眾，曾經在民族舞蹈競賽中勇奪冠軍，婚後即走下絢爛多姿的舞台，相夫教子，著實難得。

來到雪梨後，王太太在社區及僑界敦促下重披舞衫，指導華人和外國女孩跳中國舞蹈，先生也台前台後幫忙張羅，在各種大小型晚會中發揚國粹，出錢出力，博得一致好評。

談起家人，王先生一臉幸福滿足，其實他自己媲美專業人士的釀酒技術，早已遠近馳名。可貴的是只送不賣。

當年他為了讓太太喝到最醇美的葡萄酒降血脂肪，竟鑽研出滿腹心得，如今家中測酸鹼值的試紙、量甜度的比重計、過濾器、酒窖等等，一應俱全。對葡萄的季節、產地、品種，也嚴格篩選，難怪能釀出風味絕佳的口感。

王先生談起酒經滔滔不絕，因酒結緣的故事更引人入勝，不過我最欣賞的，還是他處處以家人為榮，時時不忘回顧感恩的美德。

陳大哥待人厚道親切，他的朋友愛屋及烏，我們才能在異國享受到濃郁的人情味，生命更得恩寵。漂泊的遊子總是心繫原鄉，親不親，都是故鄉人。

背包客

二〇〇五年，我在成都杜工部草堂，操著自認為純正的四川話和店員博感情，她正包裝印有貓熊圖樣的茶杯，指著我身後的背包笑問：「妳從哪裡來的？」原來那只黑色背包洩了底。

過幾天，來到重慶瓷器口老街，我夾在人群中，向那位「蓮花落」唱得極好的老先生鼓掌。他走下台階，到我面前唱個喏：「哪裡來的朋友？」我隨口答成都。他喔了一聲，顯然不滿意這個答案。難道又是背包惹的禍？

在多數人眼中，本地人是不揹這玩意兒的，它和遠行、旅客劃上等號。

而我，只要不是去正式的場合，出門大多揹個背包，裝有開水、眼鏡、藥物，還有糖果、餅乾。每趟路都是流浪心。

有時候在城市遊逛，把城市當做一座洋溢歡樂氣氛的遊樂園，何況她還有人文景觀、歷史古蹟、美食佳餚，令人時時驚豔。

更常的是走進青山綠水，採擷種子花瓣，聽鳥鳴風聲，和落葉的故事。

或只是在腦海編織文字情節，而漫無目的的遊走。

陳家人是地行仙，四百年前祖先從湖南遷徙到四川；六十多年前爸爸在時局動盪下來到台灣；二〇〇九年秋天，我在雪梨的那段日子，親人散在台灣、美國、英國、中國，或某處我不知道的天涯。

漢代古詩就這麼寫過：「人生天地間，忽如遠行客。」遠行旅遊，在資訊、交通發達的今日，更是像白雲飄浮天空一樣的輕鬆容易。

那天在雪梨的中央車站，看見有位身材高大的西方女子，背後胸前各吊掛了一袋超大的行囊，總共怕不有二十多公斤，腳邊還放了一個，像是才從遠方來到此地，或是正要遠行。而且不攜伴。在陽光和一片好大好廣的天空底下，氣定神閒。

我，六十歲，青春遠了，器官退化了，慶幸還有行動力，還有一顆想飛的心。世界就像一座沒有圍牆的學校，天上、陸地、海洋，都是學習的教室。四處走走，是工作之餘的犒賞，也可累積生命的資糧。從天涯海角歸來，燈下飛進圖像、文字的殿堂，在秋光裡感恩。

家鄉是熟悉且令人懷念的地方，然而每一趟異鄉之旅，都找到心靈安靜沉澱的皈依。融進真情編織的今天的腳步吧！背包客，你想在行囊裡裝載些什麼呢？

不必說的再見

在中國城等車的時候，就發現清秀嬌小，一身黑衣，背個大包包的她，夾在那群喧嘩的香港客中間，顯得更文靜單薄。

今天的目的地是坎培拉。她坐在車子最前面的單人位置上，直視前方，若有所思，若無所思。

坐在後面的我，緊盯著窗外，看飛馳而過的尤加利樹，獨樹一格，卻又與天地融為一體；導遊說這裡是袋鼠的出沒區，我極目眺望，希冀突然出現一群跳躍的棕色小山丘的野花四處綻放，為大地增添了點點色彩。眼神遠近交替，不願放棄大自然的每一項精心傑作。

單調的旅途，各自默默享受孤獨。一直到午餐時間，她坐在我的左側，才有機會觸燃火花。

原來還是個學生，在馬來西亞唸研究所，是華人的第四代。流暢的英語、中文，讓她在陌生的國度暢行無阻。已經去過西班牙、荷蘭、韓國、台灣，都是隻身前往，一站一站追尋夢想，堆疊人生經驗。柔弱的外表，卻有一股堅毅自信的行動力，讓人起敬。

巴士停在Cockington Green，美麗的小人國花園。春天的腳步已近，藍天陽光下，精緻的迷你小屋，奇異花草，襯得更叫人神迷心醉。只見她穩重熟練的捕捉鏡頭，髮絲輕飄，倩影秀麗，自身就是一幅畫作。

都是慢熟的個性，花間小徑，幾度擦身，無聲流盼，卻彷彿彼此在深切對話。

回程，驚見高速公路旁的森林大火，紅光閃爍在每個旅人臉上，顯現興奮過後的焦慮。她舉起相機，起落間，又攝下一瞥意外。

彩雲逐漸褪去光芒，華燈初上，我們回到清早起程的地方，明日又是天涯。黑衣女郎回眸嫣然，盈盈走來，就在同時，我也迎上前去，深情相擁，互道珍重。

也許某世的我，也曾背著行囊在異鄉土地踽踽獨行，與她照過面，留下些許朦朧，今生小聚又別，才會這般依依。

轉身那刻，我知道彼此行囊掇拾的，不只是這一路美麗的風景，還有不必說的再見。

離情依依

歲序剛踏上九月，雪梨就一天暖似一天，令人振奮。偶而冬神回來攪個局，很快又從門後溜走。美好的天氣，讓人不安於室，當晨曦的金鞭揮過百葉窗，立刻引發我追尋的原始基因。

跳蚤市場當然要去。觸目所及，皆是藝術家上選品味的商品。

令人目眩神搖的國王十字區（Kings Croos）的夜生活，更要開開眼界。

歌劇院、美術館、博物館，山上、海邊、咖啡館，都有我們知性與感性交融的履痕。

聖瑪莉大教堂內，我跪在耶穌和聖母的雕像前替家人祈福，流下懺悔的淚水。

走累了，躺在海德公園，滿心讚歎天的蔚藍與小草的芬芳。英勇的庫克（James Cook）船長的雕像，正微笑注視著不遠處那對交疊的男女。啊！青春萬歲，戀愛無罪！

然後緩緩闔眼，帶著心情，摻和著春光，溫存縷縷記憶。

回台灣前夕，再一次順著小徑徘徊灣區。坐在木椅子上靜靜地，深怕任何聲響驅散了謐靜的氛圍。微風吹過水面，激起小小漣漪，蒼翠的樹林，點點歸鳥，襯著落日紅霞，把Five Dock的黃昏妝點得萬分迷人，與後方紅瓦白牆的精緻洋房，融成天地間最美的一景。

路燈亮了，彩霞跌落遠方，心情第一次落寞。

晚餐過後，陳大哥又彈起吉他，外子倚聲相和，就在門前簷下，一首首國台語、日語老歌，從相交四十多年的老兄老弟身邊盪開。我洗著碗，思緒從這個時空穿越到那個時空，美好的旋律化為長長的懷舊，綿延思念。

陳大哥澹泊常樂，簡單樸實的生活哲學，提供我諸多新的思維。這個家溫馨踏實，呼喚我靠近，在驚喜中圓夢。

踩在鬆軟的院落草地上仰望蒼穹，讀著每顆星子的金燦。沒有光害的夜空更為壯麗，一輪皓月佈在黑絨般的天空，美得不可思議，真想膩在她的懷抱。

一生只來一次的地方，縱使一分鐘也要把握成一生一世。我睜大眼睛，試著把眼前所看到的景致精雕在心版上，明日歸去，好與我親愛的家人說夢。千里共嬋娟，他們是不是也「一夜鄉心五處同」呢？

這一夜心海微瀾，完成此趟無比自在，興奮又深刻的旅程，鄉愁淡淡升起，我知道我該回家了。

站在世界的邊緣

年初的北越行本不在規劃中，北京沒去成，泰國也錯過，突然發現北越是個不錯的景點。辦旅遊保險的時候，業務經理楊先生，在電話那頭驚笑：「什麼？妳要去共產國家？」嚷得我有點心驚。旅人買票進場，不就是要看自己日常生活以外的風景嗎？驛馬星啟動了，站在世界的邊緣，我再次往前一縱。

空降到一個城市，果然見識到不少光怪陸離，大大挑戰視覺經驗。

市區有不少黃色，但門面窄、樓層高的建築，原來越南人普遍窮困，兒子結婚，買不起房子搬出去，就在淺薄的地基上繼續加蓋。「如果有三四個兒子呢？」旅客憂心的問。「就再往上加啊。地震？那是八百年前的事。」導遊輕鬆以對。看來觀光客是杞人憂天了。

高速公路上可以倒車、暫停，沒見過吧？還可以下車到路邊買麵包，因為路旁有一整排，用腳踏車兜售法國麵包的小販！那日天空飄著細雨，小販將麵包外圍罩了一層塑膠袋。若是晴天呢？「就讓它摻上天然的『胡椒粉』。」我望著不遠處，如雨後春筍般拔地而起的鋼筋水泥工地，黃沙漫天，搖頭苦笑。

不止於此，摩托車、腳踏車也可以上來飛飆，還逆向行駛，每隔幾分鐘搏命演出一次，令外國人魂飛魄散。

如今河內人不打仗，戰場上的狠、猛、慓，全發洩在道路上。明明只供兩輛車並行的，硬塞成四線五線道；十字路口，走路的、騎車的、開車的，橫的、直的、斜的，擠成一團，紅綠燈僅供參考。又長又吵的喇叭聲，震得地動天搖，WHO怕WHO！

剛從雪梨歸來的那段日子，每出門就哀嘆台灣人沒有行的保障，見識過河內的交通後，不禁感慨，台灣還是很幸福的。

地面熱鬧滾滾，空中也有奇景。各種電纜，以鳥巢、蜘蛛網、麵線糊的姿態，糾結在灰濛濛的天空，上面纏繞的也許是一團稻草，數縷布條，看得人心也揪起來。「見怪不怪，其怪自敗。」河內人是處變不驚的。

一再告誡自己，旅人的眼睛都只是瞎子摸象，別用一整箱的偏見和舊習，冷眼旁觀專制體制滋養出來的文化。然而這樣的異國情調，還真令人晚上躺在床上，思緒仍不停飛舞呢。

兩樣山水一樣春

下榻飯店的第一個晚上就開始失眠，也好，多一分清醒，多一點時間溫存這，飛了兩小時四十分鐘、又驅車一百八十公里才抵達的河內廣寧省。

由陽台望向海上，霧凝煙波，漁火對眠，微風低吟，搖動一片閒情。

天明登船，素有「海上桂林」美譽的下龍灣，正輕移蓮步，款擺而來。水面極其遼闊，頗有東坡先生「縱一葦之所如，凌萬頃之茫然」的興嘆。壯麗的下龍灣，已列為世界文化遺產，是自然地貌的藝術殿堂，將近四千公里的海域，散佈著一千多座石灰岩島嶼，千形萬狀，蔚為奇觀，再一次刷新我對世界的認知。

十點左右，領隊下船，向此地特有的水上養殖場，選購生猛海鮮。等待享用海鮮大餐的空檔，旅客到岸上登山健行去了，我因不勝腿力，留下來獨守。人去船空，四周悄然無聲，只聽見自己的呼吸與心跳，和著繞船清風，翩然起舞。佇立船首，臨風翹望，海上煙嵐畫境，柔情萬里，百吟千誦也不能盡意。

那日下龍灣上，有整座海洋、山嶺都屬於自己的狂想，天地獨擁，是旅途中極其難得的私密時空。

隔一天我們遊賞陸龍灣——「陸上桂林」，位於寧平省，與下龍灣合稱「雙龍灣」，是來到北越必遊的勝地。

一行人從碧洞古廟下來已近晌午，享罷越式農家風味餐後，天色轉明，前往三谷湖搭乘小舟，享受徜徉山水的雅趣。

三谷湖曲折蜿蜒，與拔水而立的青山互繞，小樹綠草點綴著山壁，俯瞰世情。遠處寒鴨戲水，近處偶有黃葉飄落，碧舟輕駕，深怕驚擾了一方和諧。

船家母女搖著桂棹蘭槳，擊空明泝流光，我低聲哼唱：「山清水明幽靜靜，湖心飄來風一陣，啊行啊行啊進呀進……」心神晃漾，寧將三谷湖當太湖。

兩岸映青，偶見一幢小屋，有如江南的水鄉庭院，凝坐看多時。忽地，船身鑽入幽冥黑洞，再見天日時，綠深花明，另一番景象又收眼底。

雙龍灣映象連睫赴目，要是你問我：「若將西湖（下龍灣）比西子（陸龍灣），如何？」我會毫不猶豫的告訴你：「一個壯闊一個秀麗，兩樣山水一樣春。」

水上突起的林相，年復一年累疊歷史，美化了人間，然而隨著觀光人潮雜沓紛迭，這片淨土又有多少歲月可留待？面對寶山麗水，我僅能沉默誌情。

阿姨，妳有糖果嗎？

這是一座曾經在戰爭中淪陷於敵軍手中的城市，連續五天，天空壓下一片灰白，車後的黃沙，瞇住每一位旅客的雙眼，髒亂擁擠的市容令人焦慮不安。

離開河內的前夕，導遊小溫問我們，這幾天有沒有看過一隻狗？仔細閱讀過這裡的城市和村落，確實沒有印象。「如果有狗，那也是有錢人養的，在家裡，不敢放出來。越南人窮啊，什麼都吃，哪會放過一條狗！」導遊額角的青筋莫名賁張。

長年征戰，民不聊生，狗只有人的大便可吃。人蹲在橋邊解放，大便直接墜入湖泊河川，嗷嗷待哺的魚兒，張嘴搶食。狗、魚養大了，又祭人類的五臟廟，形成食物鏈，沒有資源浪費的問題。

導遊是個有四分之一華人血統的越南人，見多識廣，詼諧逗趣，口才一流，談到越南的征戰史和風土人情，卻收拾起調皮慧黠，莊重的請觀光客不要以執見看待這個飽受戰爭摧殘，政治經濟又和台灣大不相同的國度。「我們平均所得低，但是失業率是零，跟過去相比，現在每個人都是『很滿足（族）』。年輕人存錢最大的夢想是買一輛摩托車，做為生財的工具。如果你仍看到了貧窮落後，請回去告訴你的孩子，生在台灣是多麼的幸福。」語氣不卑不亢，我打心眼裡讚佩。

多數鄉下人家的孩子無法念書，必須投入生產行列，在觀光地區販賣土產、工藝品，睜著黑亮的眼睛，好奇的打量著背包客。那日寧平碧洞外，繞在身邊的女孩約八九歲，突然問我：「阿姨，妳有糖果嗎？」深邃無辜的大眼，訴說著單純卑微的渴求，是北越印象最難抹去的一痕記憶。

鄉野充滿貧窮落後的氣息，卻不失寂靜柔美，有一種安寧的愜意，以為時間停頓了，然而城市裡衝勁十足，所有美麗的、驚駭的、新奇的都在上演，尤其在有形的建築、精緻藝術品，和精神凝聚上，展現了活力。

一九七五年南北越統一，飽受抗法抗美兩場戰爭的人民，熬過苦難，終於有時間調養生息，在舊有法式風格的建築外，造起一棟棟摩天大廈，怪手林立，塵土蔽天，佔滿旅人的視線，這個城市的生命正開始，時機一到，煥然全新。

用現代化器械開採礦石，晶瑩剔透的藍寶石、紅寶石，閃爍在觀光客的胸前、指上，填補無底的欲求。

以新科技揉合傳統技法彩繪漆器，光澤、造型，驚豔整個亞洲，鎖住行家和旅客蒐奇掠美的眼光。

開發自然風貌的水上奇景——雙龍灣，滿足旅人的心靈，也塞爆了河內人的荷包。飯店、餐廳，都有妙齡女郎穿著優美的傳統服飾，用古箏、揚琴演奏迎賓曲，大肆消耗財力的排場，只為博取客人歡心、吸金。這裡的人攢下每一分，不管是按規定收取或是放低身段討來的小費；旅客偶而賞賜的可樂汽水，捨不得享用，轉手賣掉，用來貼補家用。

時代的巨輪滾得急促又興奮，未開發的處女地，引來無限商機，原本就是魚米之鄉，加上爭取外匯，改善生活的堅強意念在背後支撐，未來經濟潛力更見驚人。北越在傳統之外吸納了現代，歷史長河的行腳，只要掌握契機，理當映現嶄新恢宏的氣宇。

出走的女人

放學了，只跟同學排隊走一小段柏油路，就偷偷拐進那條載運甘蔗的小火車道，微風中向遠處出發。這可是在把鉛筆盒收進書包前已打好的主意。

張開雙手作翅膀，走在細長軌道，小腳不時翻跌在大小鵝卵石漫成的路面；夕陽下與小草對話；啃著火車上掉下來的白甘蔗；撿拾各種顏色的小瓦片、糖果紙；跑著、跳著，聽風聲、鳥聲、樹葉聲，口袋裡小石子撞擊聲，是一天最後的樂趣。

漫遊的快樂結束在視線那端，媽媽揚起一截樹枝氣乎乎趕過來。跟在她身後的我不情不願，噘著嘴回頭，再看一眼，什麼時候小火車會來？彎角那叢竹林裡的狗狗還在睡覺嗎？謎底沒揭開，今天一點也不精彩。

一個人出走，早早播種在小一女生的心田。

土坡上，曬冬粉的女郎，頭臉手腳密實包裹，只露出一條眼縫，趕著太陽下山前，將著名的北斗龍口粉絲，從鐵架上取下裝箱，運回工廠。動作俐落，頃刻間，平台頂只留下草叢裡的絲絲白色殘枝。背著書包登上來，繁重的課業在降完旗後暫時忘卻，只想一個人安靜的遊蕩。斜陽正好，看遠處淡煙弄晚，幾點飛燕歸巢；唱起黃梅調，悽愴的歌聲裡，淚珠盈睫，不知心恨誰。

那年十五歲，不識戀愛滋味，帶著莫名的憂傷唱歌給自己聽。

大學聯考結束，拖了皮箱北上，校園內天闊閑雲閒閒，順理成章少年遊。英語會話課溜到後花園，剝下千層樹的老皮，蓋在臉上吹氣；瞇起一隻眼，瞅著蒼翠的扁柏做鬼臉。最愛的詞選課，魂飄魄盪到法美園憑欄，白雲舒懶，風絮如棉，人兒也欲眠。

畢業踏入社會，我依然輕輕舉步，調和腳下色彩，徜徉在綠野平疇，稻花香裡說豐年；大城小鎮，追逐花草的版圖，狂走癲逛；小巷徘徊，騎樓蹲坐，像隻衰弱的老狗。出走的女人，只為找塊不一樣的天空，不再複製昨日。

曾經那麼個晨光午後，輕遊，只為看一眼藍波兒子住的大樓，走進也許他進出過的便利商店、烘焙小屋，喜歡與他步履相印。如果海陸相連，願一直一直走，走到荷花女兒喬治亞的家，長長凝視，輕輕轉身。

那些年，坐在機艙內奔赴旅程，長亭短亭走馬觀花，哪管他今宵酒醒何處；與陌生人偶然邂逅，一個眼神一句寒暄，即可烤熟彼此的矜持。觸目皆新，笑入彩雲深處，樂遊原上不思歸。

晚來忒多情，每在出走裡望鄉，戀床、戀枕、戀馬桶，出門三天，已是天涯倦客。不寐的夜晚，不順暢的清晨，加倍的藥量摻和著相思一起吞服。原來出走與想家都是一種病哪。

歲月在舊鞋下踢蹦，許多風景不再重現，故事則沉澱為日後的養料。偶而遇見悲傷，也曾和歡樂共遊。我在某個驛站啟程，或許另個人也正從不知名的港埠上岸，循著緣份彼此靠近，緣長的牽手走遍山水；緣短的煙花一瞬，下個路口，向左向右轉個彎，又各自尋找適合的旅伴。都是天地過客，誰也不必相互追隨，聚散人生，何不瀟灑走一回。

看看窗外，秋光尚好，吃了止痛藥套上護膝，帶著心情，能走多遠就多遠，享受孤獨與品嚐熱鬧都是好滋味。邁不開腳步的那天，且淨空背囊裡曾經裝過的悲欣，低聲道別夕陽，拉上窗簾，睡著。

Do文學03　PG1073

這麼一個花香黃昏

——陳維賢散文集

作　　者／陳維賢
責任編輯／劉　璞
圖文排版／詹凱倫
封面設計／陳佩蓉

出版策劃／獨立作家
發 行 人／宋政坤
法律顧問／毛國樑　律師
製作發行／秀威資訊科技股份有限公司
地址：114 台北市內湖區瑞光路76巷65號1樓
電話：+886-2-2796-3638　傳真：+886-2-2796-1377
服務信箱：service@showwe.com.tw
展售門市／國家書店【松江門市】
地址：104 台北市中山區松江路209號1樓
電話：+886-2-2518-0207　傳真：+886-2-2518-0778
網路訂購／秀威網路書店：https://store.showwe.tw
國家網路書店：https://www.govbooks.com.tw

出版日期／2013年11月　BOD一版　定價／280元

獨立作家
Independent Author
寫自己的故事，唱自己的歌

這麼一個花香黃昏：陳維賢散文集 / 陳維賢著. -- 一版. --
臺北市：獨立作家, 2013.11
面； 公分. -- (Do文學；PG1073)
BOD版
ISBN 978-986-89946-5-2 (平裝)

855 102019330

國家圖書館出版品預行編目

讀者回函卡

感謝您購買本書，為提升服務品質，請填妥以下資料，將讀者回函卡直接寄回或傳真本公司，收到您的寶貴意見後，我們會收藏記錄及檢討，謝謝！

如您需要了解本公司最新出版書目、購書優惠或企劃活動，歡迎您上網查詢或下載相關資料：http:// www.showwe.com.tw

您購買的書名：______________________________

出生日期：________年________月________日

學歷：□高中（含）以下　□大專　□研究所（含）以上

職業：□製造業　□金融業　□資訊業　□軍警　□傳播業　□自由業

□服務業　□公務員　□教職　□學生　□家管　□其它_____

購書地點：□網路書店　□實體書店　□書展　□郵購　□贈閱　□其他

您從何得知本書的消息？

□網路書店　□實體書店　□網路搜尋　□電子報　□書訊　□雜誌

□傳播媒體　□親友推薦　□網站推薦　□部落格　□其他__________

您對本書的評價：（請填代號　1.非常滿意　2.滿意　3.尚可　4.再改進）

封面設計____　版面編排____　內容____　文／譯筆____　價格____

讀完書後您覺得：

□很有收穫　□有收穫　□收穫不多　□沒收穫

對我們的建議：______________________________

____

____

____

請貼
郵票

11466
台北市內湖區瑞光路76巷65號1樓
獨立作家讀者服務部 收

（請沿線對折寄回，謝謝！）

姓　　名：＿＿＿＿＿＿＿＿　年齡：＿＿＿＿　性別：□女　□男

郵遞區號：□□□□□

地　　址：＿＿＿＿＿＿＿＿＿＿＿＿＿＿＿＿＿＿

聯絡電話：(日)＿＿＿＿＿＿＿＿＿＿(夜)＿＿＿＿＿＿＿＿＿＿

E-mail：＿＿＿＿＿＿＿＿＿＿＿＿＿＿＿＿＿＿